刘心武说红楼

欲洁何曾洁　云空未必空
——宝玉妙玉的情感世界

刘心武　著

山东画报出版社
济南

图书在版编目（CIP）数据

欲洁何曾洁　云空未必空：宝玉妙玉的情感世界/刘心武著.--济南：山东画报出版社，2022.9
（刘心武说红楼）
ISBN 978-7-5474-4235-7

Ⅰ.①欲… Ⅱ.①刘… Ⅲ.①《红楼梦》研究－人物研究 Ⅳ.①I207.411

中国版本图书馆CIP数据核字(2022)第135467号

YUJIE HECENG JIE　YUNKONG WEIBI KONG
——BAOYU MIAOYU DE QINGGAN SHIJIE

欲洁何曾洁　云空未必空
——宝玉妙玉的情感世界
刘心武　著

特约策划	焦金木
责任编辑	怀志霄
装帧设计	王　芳
出 版 人	李文波
主管单位	山东出版传媒股份有限公司
出版发行	山东画报出版社
社　　址	济南市市中区舜耕路517号　邮编 250003
电　　话	总编室（0531）82098472
	市场部（0531）82098479　82098476（传真）
网　　址	http://www.hbcbs.com.cn
电子信箱	hbcb@sdpress.com.cn
印　　刷	山东临沂新华印刷物流集团有限责任公司
规　　格	787毫米×1092毫米　1/32
	9印张　14幅图　127千字
版　　次	2022年9月第1版
印　　次	2022年9月第1次印刷
书　　号	ISBN 978-7-5474-4235-7
定　　价	58.00元

如有印装质量问题，请与出版社总编室联系更换。

宝玉进府茗烟求怨,情切切良宵花解语

荣国府宝钗做生辰，听曲文宝玉悟禅机

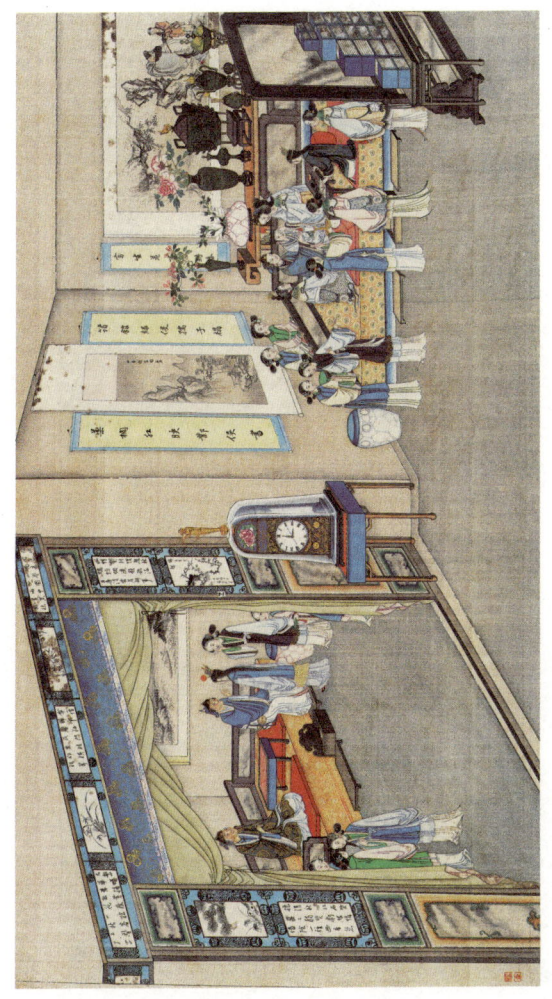

赵姨娘同计马道婆,戏彩霞贾环烫宝玉

潇湘馆春困发幽情，哎宝玉薛蟠做生辰

多情女情重愈斟情，贾宝玉戏语话金钏儿

椿龄画蔷痴及局外，心思踢人错踢袭人，撕扇子做千金一笑

不肖种种大承笞挞

贾宝玉品茶栊翠庵

变生不测凤姐泼醋，喜出望外平儿理妆

王忱试辞情聘紫慧

痴公子杜撰芙蓉诔

怡红公子悲别感疾

茉莉粉替去蔷薇硝

玫瑰露引出茯苓霜，投鼠忌器宝玉瞒赃，判冤决狱平儿行权

编选者言

这一册,探究了许多《红楼梦》读者纠结于心中的疑问:妙玉和宝玉之间的感情,究竟是不是爱情?究竟应该如何理解贾宝玉?他具有怎样的人格?刘心武的分析丝丝入扣,结论或许惊世骇俗,却又都在情理之中,掩卷余味无穷。

目 录

妙玉篇

妙玉入正册与排序 / 003

太虚幻境四仙姑 / 024

妙玉的身世 / 043

妙玉的情爱 / 064

妙玉的结局 / 080

宝玉篇

玉石之辨 / 103

贾宝玉的人格(上) / 131

贾宝玉的人格（下）/ 157

红楼琐谈

留枵子盖头的小厮 / 183

《红楼梦》里的宠物 / 187

和硕淑慎公主 / 193

见识狱神庙 / 201

门礼茯苓霜 / 209

宝官和玉官 / 214

莲花儿眼尖 / 219

北院里大太太 / 224

阿其那之妻 / 229

茶搭子·热水瓶·饮水机 / 234

净饿 / 239

两代荣国公 / 243

邂逅大行宫 / 248

傅恒何时归故里？/ 255

想喝碧粳粥 / 260

妙玉篇

妙玉入正册与排序

我们已经对金陵十二钗中个人命运与政治联系得最紧密的两个人物——秦可卿和贾元春——的生活原型进行了细致的探索。既然《红楼梦》的文本里隐含着如此多的政治因素,是否就可以做出《红楼梦》是一部政治小说的结论呢?我的看法是:《红楼梦》里有政治,曹雪芹有政治倾向,但是,曹雪芹又终于超越了政治,把《红楼梦》写成了一部超越政治的奇书。比如,在第一回里,作者通过空空道人检阅《石头记》的心得,明确指出:此书"上面虽有些指奸责佞、贬恶诛邪之语,亦非伤时骂世之旨""大旨谈情""毫不干涉时世"。"奸佞恶邪"对曹雪芹及其家族的打击刺激是深重的,艰难时世中曹雪芹的感受是丰富强烈的,他写这部书时,内心被这些因素所煎熬,对这些,我们是应该理解的。但是,曹雪芹却以伟大的艺术力量,从痛苦中升华出理想。他没有把《红楼梦》写成一部表达政见的书,而是通过贾宝玉以及金陵十二钗中许多女子的形象,表达出对人的个性尊严的肯定,宣布个体生命有追求诗意生存的神圣权利。这是非常了不起的,特别是在二百年前的封建王朝的社会环境里。

金陵十二钗正册里,妙玉这个人物的设计与塑造,就特别凸显了曹雪芹对政治的超越。如果说秦可卿和贾元春身上的政治色彩太浓,妙玉身上的政治色彩却很淡。政治,主要是权力问题;所谓政治倾向,就是你究竟喜欢由哪种力量、由谁来掌握权力的内心看法。超越政治,就是对权力分配不再感兴趣,就是认为不管哪派政治力量,都不能以势压人。这种想法,当然就比拥护谁、反对谁的政见高一个档次了。妙玉这个人物，就体现出了曹雪芹从政治意识升华到了对社会中独立人格的关注，值得我们好好探索。

《红楼梦》第五回，曹雪芹设计了这样一个情节：贾宝玉神游太虚幻境，见到金陵十二钗的册页，里面有正册、副册和又副册，每一册各有十二个人物。正册里面有十一幅画和十一首诗，其中第一幅画、第一首诗说的是两位女性，之后每一幅画、每一首诗，都预示着《红楼梦》里一个女性人物的命运结局。这十二名女性的排名是林黛玉、薛宝钗并列第一，第三贾元春，第四贾探春，第五史湘云，第六妙玉，第七贾迎春，第八贾惜春，第九王熙凤，第十巧姐，第十一李纨，第十二秦可卿。这个排名，匆匆一看，似乎没什么稀奇，但稍微多想想，就会有疑问。

金陵十二钗正册里面收录了十二位女性，这十二位女性中的十一位要么是贾、王、史、薛四大家族的女子，要么是嫁到四大家族做媳妇的，唯独一位，两者都不是，就是妙玉。元春、迎春、探春、惜春是贾家的四位女子。林黛玉虽然姓林,但她的母亲贾敏是贾母的女儿,所以她也有贾家的血统。薛宝钗是薛家的后代。史湘云则是史家的后代。她们都是四大家族的女子。至于王熙凤,她的身份就更特殊了,她既是王家的女子,又嫁到贾家为媳妇;她的女儿巧姐,则既有贾家的血统,又有王家的血统,她们母女俩不消说都在特定的范畴之内。李纨虽然姓李,并不是四大家族的女儿,但是她嫁到贾家当了媳妇,还给贾家生了孩子。关于秦可卿,前面已经探究很多了,她是以贾蓉妻子的身份生活在宁国府,因此她也是四大家族的媳妇之一。所以这样算来算去,在金陵十二钗正册里,唯一一个既没有四大家族血统,也没有嫁到四大家族做媳妇的女性,只有妙玉。

曹雪芹为什么会有这样的艺术构思?我也跟一些朋友探讨过,有的就说可能是书里面其他的女性角色不够多,再挑出来加入金陵十二钗正册都不够格。因为大家知道,曹雪芹在金陵十二钗正册、副册、又副册的设计上,还是有等级观念的,能够入正册的，简单来说，按当时的标准就是主子辈儿的，丫鬟比如说晴雯，再美丽、聪明，再值得肯定，也不能入正册。是不是主子辈儿这方面的角色不够，人不够，拉来凑，所以就想来想去，勉强找出妙玉搁在里面？显然不是。贾宝玉在太虚幻境偷看册页的时候，先拿出来的不是正册，是又副册，而且他只翻了两页，也就是说曹雪芹只写了两页，介绍了两幅画，每幅画配有一首叫作判词的诗，一个说的是晴雯，一个说的是袭人。这个册页里的其他十个人是谁呢？可能在八十回以后，作者会有一个明确的交代，但是我们可以根据已经写出的两个，推测出其余十个也肯定都是大丫鬟这种等级的。

曹雪芹写贾宝玉在那儿打闷葫芦，看也看不明白，也不感兴趣，就没有继续往下看又副册，而是又拿出一本来翻，这本就是副册。在副册里，曹雪芹只介绍了一幅画、一首诗，也就是说他只透露了副册里面的一个人，就是香菱。香菱虽然出身也是很不错的，可是她被拐卖以后，到了薛蟠家，地位是比较低的,比薛宝钗这些人的地位要低,所以曹雪芹就把她安排在了副册里。但是香菱后来毕竟一度成为薛蟠的妾,比大丫鬟等级略高,所以她不在又副册里,估计跟她在一个册子里的,应该是些次要的主子。

类似香菱,或者晴雯、袭人这种身份的女性,我们就先不探讨了,我们现在只看一看,小说里面正经主子小姐身份的,有资格进入金陵十二钗正册的,还有没有。很明显,起码有一个,按说是无可争议的,她就是薛宝琴。这是非常重要的一个角色,戏份很多,作者用笔很细致,通过其他人物之口对她的赞美也很多。但是,曹雪芹最后想来想去,放弃了薛宝琴,安排了妙玉。薛宝琴是四大家族薛家的女子,按说把薛宝琴搁进去,十二钗正册不就整齐了吗?都是金陵四大家族的女子,或者嫁到贾家做媳妇的。但是曹雪芹宁愿不整齐,他选择了妙玉,放弃了薛宝琴。这是为什么?我觉得值得研究一下。

薛宝琴是薛姨妈的侄女,是一位异常美丽聪慧的女性,因到贾家做客,成了大观园里的活跃分子。虽然她也是四大家族的成员之一,却没能入金陵十二钗正册,而与四大家族没有血缘与婚姻瓜葛的妙玉不但入了正册,还排在了《红楼梦》里的一大主角、被称为脂粉英雄的王熙凤之前。曹雪芹为什么要这样安排?

我们可以对比一下书里面关于妙玉和薛宝琴描写的篇幅。妙玉在前八十回正式出场只有两次。一次是第四十一回,在栊翠庵里面品茶,这个时候妙玉正式出场了,这是书里前八十回妙玉的正传,是以她为中心的一场戏。此后她几乎都是暗场出现。她再一次正式出场就比较晚了,是在第七十六回,就是在凹晶馆林黛玉和史湘云两个人联诗,这一回重点是写林、史两位女性,联到最后,突然有一个人走了出来,就是妙玉。最后妙玉把她们两个领到栊翠庵里面,并把她们两个没联完的诗,一口气写了一大篇,就把这个诗续完了。

在前八十回里面,妙玉就这么两次直接亮相。当然其他的暗写比较多,比如写到大观园盖好了,家里的仆人向王夫人汇报，说有这么一个女子是不是可以请来，这是暗出一次；还有一次很重要的暗出，就是贾宝玉过生日，寿怡红群芳开夜宴，第二天早晨，一觉醒来，贾宝玉发现砚台底下压了一张帖子，是妙玉给他祝寿的一张帖子，然后由此引出一些情节，这样妙玉又暗出一次。

当中还有一些情节比较模糊。比如第五十回，下雪了，大家很高兴地赏雪，想起栊翠庵里面梅花盛开，红梅很美丽。李纨就说了，妙玉的为人我很讨厌，但是她那个红梅很好，咱们应该要一枝红梅花来赏，然后就罚贾宝玉出面，去乞红梅。后来薛宝琴也去了，妙玉开头是送了他们一枝形态十分奇特漂亮的红梅，后来又送薛宝琴红梅，同时给每一位小姐都送了红梅，可能还包括讨厌她的李纨。要是再细算，比如贾元春省亲的时候，写她到这儿，到那儿，最后说她忽见山环佛寺，于是就另外盥手——因为进佛堂要非常虔诚——拈香拜佛，还题了一个匾，这就算是又暗写了妙玉一下，但是都很模糊。

实际上，妙玉在《红楼梦》前八十回里，精确统计的话，明出就是两次，暗出，把我刚才说的全算上，也无非四五次。虽然她很重要，但出场次数不是特别多，按戏份她并不是到了非入十二钗正册不可的地步。

薛宝琴出场的次数多不多呢？非常多，而且都是正面出场。有多少次呢？我们可以算一算。首先是第四十九回，写她和李纨的两个堂妹李纹、李绮，还有邢夫人的侄女邢岫烟——都是大美人儿，连眼光最挑剔的晴雯都说，"倒像一把子四根水葱儿"——四个人一块儿投奔了贾府，贾母很喜欢，就把她们都留下来住。而且贾母特别喜欢薛宝琴。李纹、李绮因为是李纨的亲戚，自然就住在稻香村；邢岫烟因为是邢家的亲戚，就住在邢夫人的女儿——当然不是她亲生的——迎春那里。而薛宝琴却被贾母留在身边住——跟林黛玉初来的时候一个待遇，可见贾母十分喜欢她。而且薛宝琴一出场就光彩照人，贾母喜欢得不行，给了她一件非常华贵的披风，就是用野鸭子头上的毛做成的披风，藏了那么多年,连宝玉都没给,林黛玉来了以后也没拿出来,见了薛宝琴,却马上让取出来,单让她穿。书里面甚至还写道,她们到府里住下以后开宴席,贾母是让薛宝琴和宝玉、黛玉跟自己坐在一起,薛宝钗这个时候因为有了薛宝琴,就到另外一桌,跟迎春坐在一起去了。而且书里面特别写到,这些小姐在玩儿的时候,贾母还派人来传话,说不能委屈了薛宝琴,薛宝钗因此还有点吃醋。曹雪芹书里面处处写薛宝钗如何大度,那么一个最不说酸话的人,那个时候也忍不住酸溜溜地说了一句话,不亚于平时的林黛玉。曹雪芹就这么来写薛宝琴,她一出场就气度不凡。

第五十回,曹雪芹又写道,在芦雪庵(有的古本里"庵"这个字是"广",不是现在"广州"的那个简化字"广",繁体字的"广"读音是"掩",意思是依山傍水的亭榭,写成"芦雪广"应该更接近曹雪芹原笔),这些小姐开始联诗,其中最突出的角色就是史湘云和薛宝琴。联诗就是要比各自的能力,看才思是否敏捷,人家说了上句能不能马上接续下句,接上以后是不是符合诗词格律,是不是意思恰切,并且优美生动。这个时候,就特别写到了几个人大战史湘云,最后只剩下一个人跟史湘云争,就是薛宝琴。她的诗才技压群芳,不让林、薛(当然是指她的堂姐薛宝钗),直逼史湘云。她又写了《红梅花诗》,亲自去栊翠庵讨梅花,而且制造了小说里面最美的一个场景——在白雪皑皑的山坡上,突然出现了一个非常俏丽的画中人,就是薛宝琴;她出现以后,又出来一个丫鬟,她的丫鬟小螺斜站在她身后,抱着一个瓶子,瓶子里插着红梅。曹雪芹的艺术思维简直叫人惊叹,这是影视思维啊!书里贾母就说,这个人怎么这么漂亮,有人就说这跟老祖宗您屋里的一幅画太像了——贾母屋里挂有一幅非常名贵的明朝大画家仇十洲的画,叫《双艳图》。贾母怎么说呢?她说画上也没现在咱们看见的这个人好。就连林黛玉和薛宝钗,贾母都没这样赞扬过。而且,接下来的情节更加耐人寻味。

贾母后来就向薛姨妈细问薛宝琴的年庚八字和

家内境况——竟然喜欢她到这个地步。而且书里面明文地写薛姨妈也是聪明人，懂得贾母的意思，就是想问清楚以后许配给宝玉。但是贾母又没有明说，因此，薛姨妈就半吞半吐地告诉贾母，大意就是说薛宝琴已经许了人家了，许给了梅翰林家。贾母一听已经许了人家——在封建社会，若女子已经许了人家，在法律上和道德上就都等于已经被定位了，如若拆散的话，既违法又有违道德——就没继续再说了。

曹雪芹对薛宝琴的用笔毫不吝啬，第四十九回写她，第五十回写她，第五十一回还写她，而且这第五十一回干脆就让她上了回目，"薛小妹新编怀古诗"。这十首怀古诗到现在仍然是红学研究中最大的难题。不少人都对这十首怀古诗做出过猜测。因为她做的是灯谜诗，首先要猜测这个诗打的是一个什么东西。其次，《红楼梦》里面的诗都有深层次的含义，这十首诗究竟表达了什么样的深层意思？如果每首诗暗示一钗的命运，那么又为什么不足十二？聚讼纷纭，以后有机会我们可以讨论，现在我想强调的是，曹雪芹对薛宝琴这个角色，真可谓厚爱不已。

到了第五十二回，更出奇了。薛宝琴真不得了，她不仅会写诗，而且还跟着她父亲到了很多地方，不但几乎走遍了中国境内，境外也有所游历。她还掌握了真真国女子的汉文诗，并背给大家听，这首诗就完整地出现在《红楼梦》的文本里面。所以，薛宝琴的视野，是林、薛、史等才女们望尘莫及的。

更重要的是第五十三回。又到年底了，这个时候就要祭祖了。历代都有一些《红楼梦》的评论者指出，曹雪芹这一点写得非常奇怪，按说是不符合当时的社会习俗的。贾府祭祖，外姓是不能进入祠堂的，也没有这个必要。但曹雪芹偏偏写有一个人旁观了贾府祭祖，这个人就是薛宝琴。有朋友说，也许是因为书里面写了，贾母喜欢薛宝琴，逼王夫人认了她做干女儿，所以她也算是贾家的人，可以一起祭祖。我觉得这样的解释还不够。例如，贾雨村不是外姓，在第二回跟冷子兴对话时，自称与荣国府一支同谱,到京城后,跟贾赦、贾政过从甚密,但宁、荣二府祭祖,他也没有参与或旁观。我想,如果不是曹雪芹对薛宝琴这个人物有一种特殊的情感或者特殊的评价,如果在他的总体构思里面不是对这个人物有非常特殊的关照的话,他不会这么写。因为整个《红楼梦》的叙述语言基本上是客观叙述,也就是第三人称叙述;偶尔有第一人称语言插入,基本也是第三人称的叙事,犯不上非得通过薛宝琴去看贾府怎么祭祖,可是他就要这么写,由此可见,薛宝琴在曹雪芹心目中是多么重要。

由此可见,薛宝琴这个角色非同小可,八十回以后她应该还会出场,这是一个贯穿性的人物。但是曹雪芹在反复调整后,却没有把她安排在金陵十二钗正册里面,而是安排了妙玉。所以从这个角度研究妙玉也很有意思。

有朋友跟我讨论,说薛宝琴不入册,可能是因为她不属于薄命之人,她很幸福,命运跟书里其他女子不同,贾宝玉是在太虚幻境的薄命司里面翻册页，不薄命的女子当然册子里不收。薛宝琴的具体命运轨迹我们放到后面再讨论，这里只强调一点，就是她属于贾、史、王、薛四大家族。在第四回说到护官符的时候，讲得很明白，这四家皆联络有亲，一损俱损，一荣俱荣，扶持遮饰，俱有照应。八十回后，贾家败落，而且惨痛到"家亡人散各奔腾"的地步，一损俱损，薛家肯定也要遭殃，薛宝琴怎么可能独好？我认为，到头来她也薄命，曹雪芹只是没把她搁到正册里而已。

曹雪芹把金陵十二钗的册子分成了几组，每组十二人，怎么分？他绞尽脑汁，这是他非常重要的一项工作。因为写一部长篇小说是要列提纲的，即使还来不及确定每回的回目，但每一回打算写什么，应该是有一个考虑的；还要列人物表，列出要写些什么人物。这部书主要是为闺阁立传的，所以他就构想了一个金陵十二钗，一组一组地呈现这些女性：最重要的是正册，其次是副册，然后是又副册。据有的红学家考证，最后一回就是"情榜"，"情榜"中共有九组金钗，一共是一百零八位女性，曹雪芹应该是这样的构想。

在古本《石头记》里面,第一回就介绍了书名的演变。最早这个书就叫《石头记》,因为曹雪芹的艺术构思是,一块女娲补天剩余的石头被弃置在大荒山青埂峰下,化为通灵宝玉,到人世周游了一番。它本来很大,后来经过仙界僧人大施幻术,可大可小,最后缩成扇坠儿那么大,可以和一个生命同时降落到人间,因为它可以让那个婴儿衔在嘴里面。小说里面那个婴儿就是贾宝玉,口衔一块通灵宝玉,生在一个温柔富贵乡。历尽离合悲欢炎凉世态后,那块石头又回到了大荒山青埂峰下。在那里,它恢复原来的形状,变成很大一块石头,上面写满了字,讲述它下凡经历的故事,所以书名就叫《石头记》,这也是这部书最早的定名。

书里面又说,空空道人——这是书里面作者设想的一个人物,一个有点非现实色彩的人物——读了一遍后,觉得可以抄下来流传后世,就将书名改成了《情僧录》,因为书里面八十回以后写到贾宝玉当了和尚,他又是一个情痴、情种。

古本《石头记》的很多版本里面都没有《红楼梦》这样的书名，只有甲戌本里面有一句，说有一个叫吴玉峰的人把这部书叫《红楼梦》。这是怎么回事，以后我们再研究。这里面特别提到，还有一个人是东鲁孔梅溪。东鲁就是山东东部，孔梅溪这个名字意味着他是孔夫子的后代。他又把这部书叫作《风月宝鉴》。通过脂砚斋批语我们知道，曹雪芹在少年时代曾经写过一部小说叫《风月宝鉴》。很显然在《红楼梦》里面，曹雪芹借用了他早期创作的这部小说里面的一些情节，特别是贾瑞的故事。在那段故事里面，就出现了一个镜子一样的东西，正面照会怎么样，反面照会怎么样，就叫风月宝鉴。这一段故事很显然是从他的旧作《风月宝鉴》里面挑出来，融入《红楼梦》整体故事里去的。当然，用《风月宝鉴》这个名字概括《红楼梦》，现在看来是很不恰当的。脂砚斋就解释了，因为当年曹雪芹写《风月宝鉴》的时候，他的弟弟棠村给他写过序，棠村后来不幸去世了，所以为了纪念棠村，脂砚斋觉得《风月宝鉴》这个名字还可以保留。

曹雪芹本人在第一回里面就强调自己在悼红轩中批阅十载,增删五次,纂成目录,分出章回,一度比较倾向于把书名定为《金陵十二钗》。当然最后他的合作者脂砚斋劝他,说这部书还是应该叫《石头记》。所以脂砚斋后来在甲戌年抄阅再评本的时候,又恢复了最早的书名《石头记》。

有人读了古本的这段话,不理解曹雪芹为什么要把这部书叫作《金陵十二钗》,甚至有人因此怀疑,这些文字是曹雪芹自己写的吗?我倒觉得这恰恰是他写的。这就说明,一个作者在构思一个长篇的时候,在考虑人物配置的时候很动脑筋。曹雪芹为了确定小说里面的女性角色绞尽脑汁,正册应该是谁,副册应该是谁,又副册应该是谁,四副册、五副册一直到八副册都是谁,他来来回回调整,不是一次就成型的。

在《红楼梦》这部小说的定名过程中,曹雪芹曾一度倾向于《金陵十二钗》这个名字,由此可见他对所选十二位女性的珍视程度。他绝不是轻率而为，而是经过一番思索之后才确定下来的。尽管薛宝琴近乎完美，但曹雪芹在正册中最终没有选择她，而是选了妙玉。曹雪芹为什么要这样安排？他通过妙玉到底想说明什么？

妙玉不但入了正册，而且排名还很靠前，排第六。金陵十二钗正册实际上只有十一幅图、十一首诗，林黛玉和薛宝钗是合为一图一诗的；在《红楼梦》十二支曲里面，林黛玉和薛宝钗也是合在一起的。这就说明曹雪芹觉得这两个人很难分出一二，所以干脆就让她俩并列。第三是贾元春，因为曹雪芹觉得贾元春很重要，是贾府女儿里面年龄最大、后来地位最高的，而且她是牵动整个贾府命运的重要女性。按说贾元春之后，接着应该是迎春、探春、惜春，"原应叹息"嘛。但是曹雪芹不这么排。第四是谁呢？贾探春。所以贾探春这个人物在曹雪芹心目中也是一个非常重要的角色。"三春去后诸芳尽，各自须寻各自门。"探春的命运是最特殊的，以后我们还会探究。她既没有死，也没有出家，而是远嫁，这个远嫁又不是一般性的远嫁，所以说这是一个非常重要的角色。曹雪芹想来想去，把探春排在了第四位。第五排的是史湘云。那么谁应该排第六呢？我当时看《红楼梦》，就觉得王熙凤应该排第六。王熙凤不能再往后排了，从各种角度看，这都是一个脂粉英雄，她的戏太多了，说过的话能装好几车，人没到声先到，大家印象多深刻啊。可是这个人却排在妙玉后面，第六排的是妙玉。

妙玉横云断岭，把十二钗一分为二。在她之后才是迎春、惜春，然后才是王熙凤，还有王熙凤的女儿巧姐。有人说巧姐排在十二钗里面牵强了一点，因为她在前八十回里面年龄很小，也没什么戏份。但是我想曹雪芹把她排进去是有道理的，因为他要展示这样一个金陵世家女子的命运的话，其他人基本都是一代人（秦可卿的实际辈分问题，前面讨论过，这里不再赘述），有了巧姐以后，能够使这个阵容稍微立体化一点；而且巧姐最后的命运很特殊，又和刘姥姥的故事有关系，体现了曹雪芹思想里面的一个很重要的方面，所以正册中有巧姐是说得通的。然后是李纨，最后是秦可卿。

所以你看，妙玉既不是有四大家族血统的女子，又没有嫁到四大家族做媳妇，在书里面的戏份又少于薛宝琴，但是曹雪芹却绝不能割舍这个角色，他珍爱这个女性，一定要把她列入金陵十二钗正册，而且要把她排在第六。那么，我们能不能从书里面找到一些线索，来破解曹雪芹的创作心理，揭示他设置这个人物的一些奥秘呢？

太虚幻境四仙姑

在《红楼梦》第五回里,曹雪芹在写贾宝玉神游太虚幻境的时候特别写道,翻看了金陵十二钗的册页后,贾宝玉又随警幻仙姑到仙府后面去,但见珠帘绣幕,画栋雕檐,又有仙花馥郁,异草芬芳。这时候警幻仙姑呼唤道:"你们快出来迎接贵客!"一语未了,房中走出几位仙子,开头几位仙子还瞧不上贾宝玉,经警幻仙姑解释,她们才接受了他。贾宝玉本来对仙境仙人也有陌生感,很拘束,但是,他忽然发现那仙人居住的屋子里,窗下有唾绒,奁间渍有粉污,这就很有人间气氛了。脂粉污渍好懂，就是说这些仙女也跟薛宝钗、史湘云一样，会用化妆品打扮自己。"唾绒"是什么东西呢？过去妇女刺绣，停针后，要用牙齿咬断丝线，就会有一些丝线的绒毛含在嘴里，需要把它啐出去，那啐出去的东西就叫唾绒。这是身处女儿丛中的贾宝玉常见的东西，因此他看到后感觉很亲切——曹雪芹写这一笔，也是在暗示仙境里的这些仙子跟人间的女性其实是相通的——于是就主动问众仙姑的姓名。

仙境里的仙子很多，曹雪芹只写了最主要的四位。这太虚幻境四仙姑的排列顺序，各个古本在文字上是一致的，一名痴梦仙姑，一名钟情大士，一名引愁金女，一名度恨菩提。这些名字太值得推敲了。太虚幻境虽然是虚幻的空间，但是在这个空间里面，作者却把现实当中的一些人物的命运做了预设，所以第五回是很重要的，应该是全书的一个总纲。据我推敲，四仙姑实际上就是对贾宝玉的命运起着重大作用的四个女子，四仙姑的名字影射的就是金陵十二钗正册中的四钗。我是说这四仙姑的名字是在影射大观园里的四个女子，而不是说她们就是那四个女子，但这个地方的影射很重要，应该把作者的意图搞清楚。那么，四仙姑的名字是在影射金陵十二钗正册里的哪四个女子呢？我们一个一个来说。

第一位叫痴梦仙姑。这不消说是影射林黛玉。再强调一下，我是说这位仙姑的名字影射林黛玉，并不是说这仙姑就是林黛玉。林黛玉下凡以前是西方灵河岸三生石畔的绛珠仙草，后来化为女身来到人间。有时候，她的生魂还会升到天界游玩，那段时间里，人间的林黛玉应该是在做梦。警幻仙姑唤出众仙姑时，她们见到宝玉，还埋怨，说本来等的是绛珠妹子的生魂，怎么反而来了这么个浊物？林黛玉很痴，第五十七回的回目就叫"慈姨妈爱语慰痴颦"。薛姨妈究竟是否真的慈爱——有的评论家指出，她住进潇湘馆其实是为了监视林黛玉——这里暂不讨论，但颦儿被冠以"痴"字，读者们都是认同的。林黛玉沉浸在爱情梦里，她本身就是天界的一个仙女下凡，是天上的绛珠仙草，用痴梦仙姑这样一个名号影射她再贴切不过。她是贾宝玉一生当中最重要的女性，贾宝玉真正爱的就是这个人。有人猜这个猜那个，贾宝玉是不是也爱薛宝钗，又爱史湘云，是不是还爱妙玉，贾宝玉和有些丫鬟也很轻佻，他和有的丫鬟还有肉体关系，似乎他见一个爱一个，但是真正严格意义上的爱情，他只给了一个人，就是林黛玉。林黛玉更不消说，她把全身心的情感都献给了贾宝玉。所以痴梦仙姑就是影射林黛玉，在宝玉一生当中，她最重要，最关键。

第二位叫钟情大士。是哪一位？就是影射金陵十二钗中的史湘云。为什么这么说？因为在同一回里面，作者为史湘云所写的判词，及关于史湘云的一首曲里面，说得很清楚。史湘云是一个什么人呢？从未将儿女私情略萦心上。这个人，幸生来英豪阔大宽洪量，虽是女性，却有男子风度。小说里面几次写到，她穿贾宝玉的衣服扮男孩，还惹得贾母以为她就是宝玉。还有这种情节：她玩儿什么游戏，把整个身子往雪上扑。而且她和贾宝玉在芦雪庵还吃烧烤，吃鹿肉。烧烤现在是一种很流行的吃法，但是当年一个封建大家族的贵族女子，居然在铁丝蒙上自己亲手烧烤，这个是很出格的，书里的李婶娘就对此大为惊异。曹雪芹用钟情大士概括史湘云，所谓钟情，在《红楼梦》里有一个概念叫"情种"，就是特别懂得感情的人，在有的古本里面这个地方又写成"种情"。种情大士，史湘云确实是一个播种快乐，播种情感的人，但是从前八十回看，她还不太懂得男女之间的爱情，她"爱哥哥""爱哥哥"地叫着贾宝玉（因为咬舌，她把"二"说成"爱"），那是一种少男少女间最纯真的友情的体现。所谓闺友闺情，是打动曹雪芹最深，促使他超越一般政治社会情绪，写出追求诗意生存的《石头记》的原动力，史湘云就是一个充溢着这种纯真感情的活泼女性。"大士"是佛教语言，在民间一般指观音大士，即观世音菩萨。按我的理解，菩萨是没有性别的，是能够解救人间苦难的存在。观音菩萨之所以那么受欢迎，是因为观音呈女相，显得特别温柔慈祥；反过来说，大士、观音,本身又意味着具有女相,所以拿来影射还不谙风月、有男子气度、却又非常具有女性魅力的史湘云,也很贴切。她是贾宝玉生活中另一个非常重要的女性,而且有不止一位红学家,通过研究和考证指出,在小说的八十回以后,还会写到史湘云:她曾经嫁了一个很不错的丈夫,那丈夫却因病去世了;后来她的家族遭受沉重打击,家破人亡,历尽坎坷。在非常困难的情况下,她和贾宝玉"因麒麟伏白首双星"——这是前八十回的一个回目——他们最后遇合,相濡以沫,厮守终老。当然,这只是一个粗略的概括,事情应该也不那么简单,以后我还要跟大家详细讨论。

在贾宝玉最后的岁月中,陪伴他的就是史湘云。当然,对八十回后的探佚是有争议的,但是支撑这种论点的论据也不少。曾经有民国年间的人见到过另外一种续书,是早期的续书人从八十回往后续的,和高鹗的大不一样,写到了贾宝玉和史湘云的遇合;还有人看见的更离奇,那续书一开始不是紧接我们看到的第八十回,续的第一回就是贾宝玉和史湘云两个人成为一对乞丐夫妇，在那儿乞讨，可见这个续书人看到的古本的最后的结尾，就是史湘云和贾宝玉是一对贫贱夫妻，结伴在那儿讨饭。史湘云在贾宝玉的人生中实在是太重要了，越到后来越重要。

第三位叫引愁金女。这个比较明确，"金女"就是薛宝钗，因为薛宝钗戴金锁。在这儿插一句，前面提到《红楼梦》各种不同的书名，可能有人提醒：还有一个书名叫《金玉缘》。但是在曹雪芹活着的时候，无论是他还是脂砚斋，还是其他人，都不曾把这部书叫作《金玉缘》。高鹗续书，程伟元活字摆印，都不曾这么叫过。这个书名是较晚的时候才叫开来的。按当时叫它《金玉缘》的人的意识，它主要是讲一个戴金锁的女子薛宝钗，和一个衔着通灵宝玉诞生的男子贾宝玉的故事。确实薛宝钗就是一个"金女"，可是这个"金女"引出了贾宝玉一生中无数的烦闷，无数的忧愁，所以她是引愁金女。薛宝钗自己也很不幸。这是一个非常美丽、非常有才能，也有思想、有作为的女子。她虽然和贾宝玉结合了,但是根据很多线索我们可以知道,他们两个并没有真正地过夫妻生活,她等于是守活寡,最后也是抑郁而死。

有朋友指出,"金女"也可能是指史湘云啊,她佩戴了一只金麒麟,比较小,是雌麒麟;而贾宝玉从张道士那里也得到一只麒麟,比较大,是雄麒麟。"因麒麟伏白首双星"嘛,你说贾、史后来遇合,那不也是"金玉缘"吗?我的回答是:第一,把《红楼梦》叫成《金玉缘》的人,几乎没有把"金"往史湘云身上想的;第二,史湘云虽然佩戴金麒麟,但她从来没有给贾宝玉引来过愁闷,所以引愁金女只能是影射薛宝钗而不可能是史湘云。至于薛之金与史之金在书里的作用,我将在下面专门讲到她俩时再作探究,这里且不赘述。

第四位叫度恨菩提。"菩提"是一个佛教用语,也指菩提树,据说北京一共只有两株,这个我们不细说,总之是很珍贵的一个树种。据说当时释迦牟尼就在菩提树下悟道,创建了佛教,所以菩提也就是菩萨的意思,延伸开来也有救苦救难一类的意思，或者是佛教教义中觉悟、醒悟的意思。度恨菩提，就是最后引导贾宝玉渡过所有的艰难困苦，最后把恨——情感当中最硬的那一档——都渡过去了，使他进入了一个全新的精神境界的人。这个女性是谁呢？我认为，就是妙玉。

所以，林黛玉、史湘云、薛宝钗、妙玉，才是贾宝玉一生当中最重要的四位女子。这在第五回警幻仙姑引出四位仙姑和贾宝玉见面的时候，通过给她们取的名字，就已经向读者透露了。这说明在曹雪芹的整体构思中，虽然妙玉在前八十回出场的次数比较少，戏份比较少，但是在八十回以后，她将是一个使落难的贾宝玉和史湘云终于脱离苦难结合在一起的关键人物，她是度恨菩提。下面我还会展开来讲这个意思。

如果说，刚才我们所说的这些事情，都还不足以说明曹雪芹之所以这么看重妙玉，是因为她在贾宝玉的一生当中起了很重要的作用，那么我们现在再来看看《红楼梦》十二支曲。《红楼梦》十二支曲与金陵十二钗正册的画和诗是匹配的，也是概括这十二位女性的命运的。

第五回中,贾宝玉看完册页后,警幻仙姑又命人演唱曲子,一共演唱了十四支曲。这十四支曲分别是第一《红楼梦引子》,第二《终身误》,第三《枉凝眉》,第四《恨无常》,第五《分骨肉》,第六《乐中悲》,第七《世难容》,第八《喜冤家》,第九《虚花悟》,第十《聪明累》,第十一《留余庆》,第十二《晚韶华》,第十三《好事终》,第十四《收尾·飞鸟各投林》。这十四支曲也是对十二位人物最终命运的概括和暗示。但是为什么是十四支呢?每当我进行文本细读,将书里的某些片段、细节和语言拿出来探究时,总有人这样反对:这是小说,作者进行艺术想象可以很随意的,如果像你分析的那样,句句都那么呕心沥血,都蕴涵着那么多的意思,作者岂不是太累了吗?我们读这部书不也太累了吗?曹雪芹确实写得很累,他自己说了,"字字看来皆是血,十年辛苦不寻常"。但那不是艺匠的累,而是神驰魂飞的辛劳,是悲欣交集的心灵悸动。他说,"满纸荒唐言,一把辛酸泪。都云作者痴，谁解其中味"？当然各人读《红楼梦》可以有各人的方法，不细读细品也是一种读法，但通过细读细品，善察能悟，获得醍醐灌顶的快感，解出书中醇味，那种"累"，其实才是审美的大愉悦，精神的大升华，值得。

金陵十二钗正册的排序和《红楼梦》十二支曲的排序并不完全匹配。金陵十二钗正册第一幅画、第一首诗，是钗、黛合一，就是把林黛玉和薛宝钗合在一起的，所以整个金陵十二钗正册实际上只有十一幅画、十一首诗。所谓《红楼梦》十二支曲，是警幻仙姑说的，她给了贾宝玉一个文字稿，让贾宝玉一边看着一边听，文字稿实际上是十四支曲。这套曲前面有一个引子，最后有一个收尾，中间是十二支曲，所以实际上曲子是十四支。即便我们不把引子和收尾算上，中间的十二支曲和金陵十二钗正册里面的画和诗还是不完全匹配。一般认为，十二支曲的第一曲《终身误》，是以贾宝玉的口吻，把薛、林两个人都说了，就相当于金陵十二钗正册的第一幅画和第一首诗。这样一来，十二支曲就多出一支来,就是第二支。而从第三支曲开始,就和金陵十二钗正册里面的排序吻合了。所以我们就要研究多出来的第二支曲《枉凝眉》。这一曲究竟说的是谁?为什么要设计出这么一支曲?

一般的《红楼梦》版本里面的解释,都说这一支《枉凝眉》说的是贾宝玉和林黛玉。从字面上看这么说似乎也通。电视连续剧《红楼梦》就把这支曲当作歌颂贾宝玉和林黛玉爱情的主题曲,幽咽婉转地唱了出来:

> 一个是阆苑仙葩,一个是美玉无瑕;若说没奇缘,今生偏又遇着他;若说有奇缘,如何心事终虚化?一个枉自嗟呀,一个空劳牵挂。一个是水中月,一个是镜中花。想眼中能有多少泪珠儿,怎经得秋流到冬尽,春流到夏。

这个内容要理解成在说贾宝玉和林黛玉,好像说得通,因为贾宝玉戴着通灵宝玉,所以是"美玉无瑕";说林黛玉是"阆苑仙葩",因为她是绛珠仙草下凡，模模糊糊好像也对得上。更何况林黛玉最是爱哭，她下凡的使命是还泪，要把她的眼泪还给曾在天上用雨露灌溉过她的神瑛侍者，也就是下凡到人间的贾宝玉，所以曲子里最后唱到"多少泪珠儿"如何如何，多少年来没有人怀疑过，就觉得这支曲铁定说的是贾宝玉和林黛玉。人民文学出版社1982年初版的，由中国艺术研究院红楼梦研究所校注，现在非常流行的一个《红楼梦》版本，对《枉凝眉》也是这么注解的。

　　但是现在我要说出不同的看法，跟大家讨论一下。在《终身误》里面，已经用贾宝玉的口吻说到林黛玉和薛宝钗了，怎么会又来一个《枉凝眉》，又单说一遍？而且这一遍里面没有薛宝钗了，单说贾宝玉和林黛玉，有这个必要吗？再说，林黛玉是仙草，而什么是"葩"呢？"葩"说的是花。林黛玉不是花，是天界一株草。那么，这个"葩"究竟说的是谁呢？"阆苑"，这个词泛指大观园，一处很美丽的园林，元春省亲的时候，让众姊妹和宝玉赋诗，那些诗里就一再地把大观园比喻为仙境——

"谁信世间有此境""风流文采胜蓬莱""名园筑何处，仙境别红尘"……那这仙境里有什么样的仙葩呢？往后看，曹雪芹写到了怡红院，怡红院有海棠花，海棠花是谁的象征呢？在"寿怡红群芳开夜宴"的时候已经指明了，就是史湘云，海棠花是象征史湘云的。写到怡红院的海棠花的时候，曹雪芹说那一边乃是一棵西府海棠，其势若伞，丝垂翠缕，葩吐丹砂。所以"一个是阆苑仙葩"就很可能说的是史湘云，史湘云的象征就是"葩吐丹砂"的海棠花。而且史湘云的丫鬟叫翠缕。曹雪芹为什么用这样的字眼呢？《红楼梦》的文字总是前后呼应的，曹雪芹总是似在无意随手间传递很多信息。因为在描写怡红院的海棠的时候，曹雪芹很明确地使用了"葩"这个字，所以"一个是阆苑仙葩"，应该是指史湘云。

那么"一个是美玉无瑕"又是在说谁呢？不一定是贾宝玉，而是妙玉。第五回，在关于妙玉的判词和关于她的《世难容》曲里面很明确地说，妙玉是美玉。关于妙玉的那幅画，一块美玉落到了污泥里面；在关于妙玉的《世难容》曲里也明明白白地写着"无瑕美玉"。贾宝玉是赤瑕宫的神瑛侍者下凡，"赤瑕"就是有红色瑕疵的玉，"瑛"虽然是玉，但并非最纯净的玉。脂砚斋在批语里就明确指出赤瑕的意思："玉，小赤也；又：玉有病也。以此命名，恰极！"下凡后的神瑛侍者，也就是贾宝玉，"行为偏僻性乖张"，是块病玉，并非无瑕美玉。因此，基本上可以排除以"美玉无瑕"形容他的可能性。这样看来，曲子里所说的"一个是美玉无瑕"，只能认定为妙玉。

我们刚才分析了太虚幻境四仙姑的名字，影射的就是林黛玉、史湘云、薛宝钗、妙玉这四位女性。那么曹雪芹再给她们写成曲，第一曲是林黛玉和薛宝钗合一；第二曲很可能也是把另外的两个合在一起来说，一个是史湘云，一个就是妙玉。

"若说没奇缘，今生偏又遇着他。"这是说贾宝玉和史湘云在前八十回没有爱情关系，就是亲如兄妹；或者说两人都没有性别意识，天真烂漫的生命，进行着完全没有遮拦的情感交流，是一种人生最美好的境界,但是在八十回后,他们两个却很奇怪地遇合了,所以是"若说没奇缘,今生偏又遇着他"。"一个枉自嗟呀""一个是水中月"——这都是我把这个曲劈开了,相应的史湘云下面的一些话。这些话的意思就是,经过一番坎坷,两人遇合以后,"枉自嗟呀",当然就很感叹,但是事已如此,命运就是这样,生活就是这样,人生就是这样。为什么说是"水中月",因为女性最美好的岁月已经过去了,贾宝玉的形象肯定也很不堪了。但是两人还可以相依为命,相濡以沫,共度残生。这是对"阆苑仙葩"史湘云的吟唱。

"一个是美玉无瑕"下面的话是些什么意思呢?再看这些句子:"若说有奇缘,如何心事终虚化?"因为曹雪芹在八十回后,很可能写到妙玉又出现了,和贾宝玉又见面了,如果真是有奇缘,如何心事终虚化?什么叫作"心事",这也值得探讨,就是贾宝玉和妙玉之间,究竟有没有爱情,这是一个很大的探讨课题。我觉得,这儿说的心事,不一定是指爱情。他们两个是互相肯定、互相欣赏的，但是生活的巨变使得他们终于还是无法沟通。"一个空劳牵挂""一个是镜中花"，贾宝玉对妙玉的牵挂并不能解决妙玉什么问题，而恰恰是妙玉，后来在他生活里起到了决定性的作用；对他来说，妙玉只是一个可望而不可即的美丽女性，只留下一些镜中花般的回忆而已。想起这两个女性最后的命运，贾宝玉自己想，"眼中有多少泪珠儿，怎经得秋流到冬尽，春流到夏"。

这就是我对《枉凝眉》曲的一种破解。这种解释的好处，就是可以和太虚幻境四仙姑所影射的四位女性的重要性相匹配，而且可以解释为什么册页是十一页，十一幅画、十一首诗就把十二个人说全了，而曲子却有十二首；去掉开头的引子和后面的收尾，十二支曲里面，为什么从第三支以后，就符合自贾元春往下的排序了。也就是说，曹雪芹把最重要的女性，每两人一组，各写了一支曲，一个是《终身误》，一个就是《枉凝眉》。"枉凝眉"就是白白地皱眉头，面对一个无可奈何的命运结局，深深地皱起眉头悲叹。

有人说,"凝眉"就是皱眉,林黛玉眉尖若蹙,贾宝玉送她一个妙字"颦颦",那以后人们常称她"颦儿",因此,从这个曲名上看,这支曲就该是说黛玉。我的思路是,不能光看曲的名字,还要仔细分析曲的内容,才能做出最终判断。比如《世难容》,林黛玉她"一年三百六十日,风刀霜剑严相逼",不也是"世难容"吗?但《世难容》曲的内容跟她的情况不对榫,因此当然就不能说这是一支关于她的曲。

有人说,把《终身误》理解成说薛宝钗,把《枉凝眉》理解成说林黛玉,那么,十二支曲不就成了每钗一曲,很匀称了吗?但是,《终身误》分明是既说了钗又说了黛,是合一的格局,曹雪芹对于黛、钗总是不去分一二的。如果《终身误》是说钗,《枉凝眉》是说黛,那么,不仅打破了全书黛、钗合一的总体设计,还排出了次序,成为钗一、黛二。再看《终身误》的内容,全是怨钗怀黛的内容,如果真要将黛、钗分列两曲,也应该是《枉凝眉》排前头。因此,认为《终身误》《枉凝眉》二曲先说钗后说黛的观点，我很尊重，但不认同。

又有人说，如果这支曲说的是史湘云和妙玉，那么，后面又专门为她们二人各写了一曲，曹雪芹至于对她俩那么偏爱吗？当然，黛、钗二人是其他各钗绝对不能超越的，已经成为许多读者和研究者的思维定式，但是，应该允许在文本细读的前提下提出新解新说，以活跃思路，打破红学多年的沉闷局面。我认为，不能光从"凝眉"两个字，就断定这支曲非黛玉莫属，容不得讨论，因为贾宝玉"天然一段风骚，全在眉梢；平生万种情思，悉堆眼角"，这也是第三回里的明文。那么，他想起湘、妙，伤怀地"凝眉"而又觉无可奈何，也是说得通的。而且，尽管曹雪芹在前八十回里，特别是前四十回重点描写了宝、黛的爱情，但从全书来说，有很多证据可以说明，在八十回后，他对湘、妙厚爱有加——下面会讲到我在这方面的探佚收获——那么，他为湘、妙再各写一支曲，也是有可能的。

妙玉的身世

　　金陵十二钗正册里，妙玉的身份最特殊，虽然与四大家族没有血缘或婚姻关系，却也能跻身其中，排名又在脂粉英雄王熙凤之上，这令很多人不解。而更让人吃惊的是，通过我们之前的探究，妙玉还是贾宝玉生命中最为重要的女性之一。那么妙玉的身世究竟如何？她在贾宝玉的人生中究竟有什么重要作用？曹雪芹设置这样一个人物，意图何在？这是我要跟大家接着来深入讨论的。

　　首先探究一下妙玉的身世。

　　关于妙玉的身世，书里面主要是通过两个人从旁介绍的。通过旁人介绍、评价人物，给读者留下印象，是曹雪芹常用的一个写作手法，对妙玉这个人物也是这样。

第一次是在第十七、十八回。古本《红楼梦》第十七、十八这两回没有完全分开，一直保留着待分开的状态，所以我说第十七、十八回，说的是古本的状态。在第十七、十八回，妙玉第一次暗出。这时候大观园已经造好了，元春要来省亲，府里为了迎接她，就要做各种准备，包括一些宗教仪式的准备。当时府里已经买来一些年轻的女孩作为尼姑、道姑，准备在省亲时使用。在准备工作即将完全结束的时候，一个仆人来向王夫人汇报，说除了这些小尼姑、小道姑，还有一个带发修行的女子，本是苏州人士——苏州当然也属于金陵的范围，金陵是一个大概念——祖上也是读书仕宦之家，云云。其中有一大段说她为什么出家。大意就是说她小时候多病多灾，往往有钱人家在这种情况下，就会花钱请人做替身，替她去出家，结果这也不顶用，她简直病得不行了，最后干脆让她自己出了家,她的病才好了,从此就带发修行了。元妃省亲的时候,她已经十八岁了。她的姓名究竟是什么呢?没有交代,起码在前八十回,我们始终没有看到任何蛛丝马迹。书里只说她有一个法名——妙玉。此外交代得很清楚,妙玉的父母已经双双亡故了,现在她身边只有两个嬷嬷、一个小丫鬟服侍,孤苦伶仃。但她文墨极通,经文也不用学了,模样又极好,不是一般的好。那么现在为什么跑到都城来了(书里面反复说长安、都城,其实都是影射北京)?因为都城有观音遗迹和贝叶遗文(过去印度有一种树叫贝多树,它的树叶很长、很厚,就叫贝叶,在上面可以直接书写经文),都是佛教徒最珍视的文物。妙玉前一年随师傅到了都城,在西门外牟尼院住。曹雪芹就是这样通过贾府的仆人,以向王夫人汇报的形式来介绍妙玉的情况的。

这个仆人向王夫人说完这些以后,本来想建议请妙玉来府里。王夫人这个人性格是比较沉稳的,她驱逐金钏那一次,是把贾宝玉和金钏他们两个调笑的话听完,等到觉得金钏罪证确凿之后,才突然起身，打了金钏耳光，发起怒来；包括对晴雯的处置，她也隐忍了很久，后来她坦白地说，她早就看晴雯不顺眼，看到一个模样像林妹妹的那么一个大丫鬟在那儿骂小丫鬟，老早就觉得不对头，但是她都能隐忍，所以说她是一个很沉稳的人。但是请注意书里这个地方的行文——王夫人没等仆人说完便说，既这样，我们何不接了她来。这意味着什么？一会儿我会回过头再解释。

但是这个仆人又说，这个妙玉可不太好请，她说了，侯门公府必以贵势压人，我再不去的。这句话一方面反映了妙玉的性格，我们都知道，她是一个孤高自赏、万人不在她眼里的怪人；另一方面则说明，妙玉的家庭背景应该不是侯门公府一类的，她家应该是书香门第，靠科举一步一步考上去，才成为一个仕宦之家的。但是奇怪的是，王夫人听到仆人这么说，毫不犹豫，主动说，她既是官宦小姐，自然骄傲些，就下个帖子请她何妨呢。这个仆人自然就照办了，书里面交代，命书启相公写了帖子，去请妙玉，第二天就派人备车轿把妙玉接进大观园，住进了栊翠庵。《红楼梦》里的道具都不是随便出现的，我估计八十回后，会有相关情节涉及这个帖子。既然前面交代是写帖子请的，抄检大观园，先是内部自己抄，自己胡闹，后来皇帝治罪，抄家，这个帖子早晚是要被抄出来的。抄出来会有什么后果？八十回后估计会有相关情节。这是曹雪芹"草蛇灰线、伏延千里"的艺术手法的又一例证。

这是妙玉第一次侧面出场。

第二次是另外一个人来说她。妙玉已经正式出场过了，但是她仍然是云龙见首尾不见身子，所以曹雪芹就安排了另外一个人从旁再来介绍她，这个人就是邢岫烟。

第六十三回，贾宝玉发现他过生日的时候，妙玉给他留下一个祝寿的帖子，上面写着"槛外人妙玉恭肃遥叩芳辰"。贾宝玉看了以后很高兴，很珍视，觉得应该有所回应，应该有一个回信，所谓有来有往，但是怎么写呢？他就想找人解决这个问题。找谁？自然是林妹妹，这种事不能找宝姐姐。

可是还没找到林妹妹，就看对面颤巍巍走来一个美女，是谁呢？就是邢岫烟。因为书里在这段情节以前，邢岫烟是个不起眼的角色，显得比较寒酸，没有出众的才华见识，所以宝玉就随便问了一句，说你去哪儿？邢岫烟说我去栊翠庵。宝玉一听，妙玉是万人不接待的，怎么你能去栊翠庵呢？于是邢岫烟跟他讲了一番话，借此又交代了妙玉的一些情况。

原来邢岫烟和妙玉早就认识，关系极好。邢岫烟就跟贾宝玉讲她们两个的交往经过，说她也未必那么真心重我，为什么别人不理，专接待我，就是因为我和她做过十年的邻居——邢家当时赁的房子就是庙里的房子。当时两人还是小姑娘，邢岫烟就经常到庙里去跟妙玉做伴，她认得的字都是妙玉教给她的，所以邢岫烟就概括她跟妙玉的关系，既是贫贱之交，又有半师之分。下面邢岫烟再说的情况，就是她听说的了，因为后来他们家就离开了。她说，因为妙玉不合时宜，权势不容，竟投到这里来了。

妙玉"不合时宜",关于她的这样一个定评多次出现。什么叫不合时宜?这不是一个政治色彩很浓的词,这是在俗世社会里非政治性的一个贬语,就是说这个人做的事可能不犯法,但是跟别人不一样,特古怪,一般人见了都讨厌。妙玉的不合时宜又导致了权贵不容。按说一般人讨厌她也罢了,一般人讨厌她,也不能把她怎么样,最后她显然又惹怒了权贵,为权贵所不容,所以才投奔到这儿来。这是邢岫烟的解释,但这也只是她听说的,曹雪芹写得迷离扑朔。

贾宝玉一想,眼前站了一个最了解妙玉的人,那就别找林妹妹了,就把这个帖子给邢岫烟看了。邢岫烟一看拜帖,便说她这脾气竟不能改,竟是生成这等放诞诡僻了,从来没见拜帖上下别号的。给人写拜寿的帖子,应该写上自己的名字,即便妙玉是出家人,也可以写上自己的法号,但是她偏偏写了一个别号——"槛外人"。邢岫烟是一个很温柔的女子,但是一看拜帖太古怪了,不合时宜,所以就脱口而出:这可是俗语说的僧不僧,俗不俗,女不女，男不男的，成个什么道理！这在那个社会是很尖锐、很严厉的一种批评。但是邢岫烟后来想了想，也跟宝玉探讨了这个问题，说，我能跟你解释，为什么她自称槛外人。妙玉曾经不止一次对邢岫烟说过，自汉晋五代唐宋以来，都没有好诗，除了两句。这两句诗很古怪，到现在为止，我个人也没发现好在哪里，但是妙玉觉得这两句诗是那么多朝代留下的那么多诗里面唯一算得上好的，叫作"纵有千年铁门槛，终须一个土馒头"，是宋朝一个叫范成大的诗人写的。过去封建贵族家庭或者富豪人家会被人说"门槛高"，这个门槛高不光是一个形容词，是真高，体现住宅的气派。而且越是有钱有势的人家，迎来送往越是频繁，所以他们的门槛要包铁皮。但是范成大就指出，就算这种富贵权势能够延续一千年，人能活一千岁吗？到头来还是需要一个"土馒头"。过去是土葬，要用土堆一个坟头，就是土馒头。土馒头是生命终结的标志。就是说无论如何富可敌国、权势滔天，到头来，也无非一死，徒然留下一个坟头而已。

妙玉认为这两句诗好，意味着她对人生的看法和范成大的这两句诗不谋而合。这是一种很悲观的看法，就是看破红尘，认为所有荣华富贵都没有什么意义，甚至人生追求长寿也没有多大意思，反正到最后谁都难逃一死。

邢岫烟接下来又说，妙玉最爱读庄子的文章，认为文章就只有庄子写得好。庄子的一篇文章里讲到了畸人，畸零之人，借孔子之口说畸零之人，说这种人非常古怪，和其他人不一样，合不来，但是和天，和亘古永存的自然宇宙是和谐的。孔子恐怕没说过这样的话，但是庄子的文章里说孔夫子听到人问，就这么解释这种人。妙玉喜欢庄子的文章，自认为是畸零之人，这意味着她对政治、权力没有兴趣；对社会、俗世、名利也都看破了；她不合群，自愿在边缘生存，享受孤独。但因为她能与天、与宇宙、与自然达到和谐，她又觉得自己很有尊严，很有价值，不可轻亵，凛然莫犯。我们之前讲秦可卿、贾元春，讲了书里书外很多的政治，书外是康、雍、乾三朝的政权更迭与明争暗斗，特别是乾隆登基以后，还有弘晳逆案；书里呢，有义忠亲王老千岁，有月喻太子的文字，有北静王府和忠顺王府争夺蒋玉菡，等等，政治斗争的气氛很浓，使得一些人误以为，我认定《红楼梦》是一部政治小说。但曹雪芹的伟大，就在于他能既关心政治，有自己的政治倾向，却又能超越政治。他塑造的妙玉这个形象，就体现出了他的这种超越意识，这是我们应该特别注意的。

接下来，邢岫烟得知宝玉为不知怎么回帖子犯愁，就给宝玉出主意了。她说妙玉自称"槛外人"，你就说自己是"槛内人"；她说自己是"畸零之人"，你就说自己是"世中扰扰之人"。你承认自己是铁门槛里面的，承认自己是扰扰之人。什么叫"扰扰之人"？一天到晚奔波忙碌，谋吃谋喝谋享受谋快乐，是俗人，当然不是坏人。宝玉听了，顿觉醍醐灌顶。他听取邢岫烟的建议，写了一个自称"槛内人"的回帖，也没有直接给妙玉，到了栊翠庵，从庵门的门缝塞了进去。这是一个很重要的情节，也是一个侧面介绍。

通过前面仆人向王夫人汇报的内容，以及邢岫烟的介绍，妙玉这个人物形象基本上就立起来了。我们了解了她的基本身世，她的交往，她喜欢的诗文，她怎么看自己、看别人。

妙玉的前后两次暗出，已经让读者领略到了她的孤傲和清高。一般来说，《红楼梦》中的重要角色，曹雪芹都要单独立传，被他珍视的妙玉当然也不例外，第四十一回"栊翠庵茶品梅花雪"，就是妙玉的正传。在这一回里，刘姥姥二进大观园，贾母带着她在大观园里四处参观游玩，走到栊翠庵时，就歇了脚，喝口茶，这样就引出了妙玉敬茶的故事。妙玉在经过他人介绍之后，也终于正式走出来和读者见面。

第四十一回"栊翠庵茶品梅花雪"，曹雪芹郑重其事地为妙玉写照立传。妙玉在这一回只说了十二句话，曹雪芹只让这个角色开了十二次口，就够了，这个人就站出来了，性格就凸显了。所以我确实佩服曹雪芹，佩服《红楼梦》，甚至他还不光是写出了这个人物的性格，还把很多其他信息都传达出来了。

那么我们就把妙玉的十二次开口,像品茶一样,细细地品味一番。

书里写道,贾母带着刘姥姥还有一群小姐、丫鬟、随从到了栊翠庵,妙玉就给贾母献茶,用的是一个海棠花式雕漆填金云龙献寿小茶盘,里面放了一个成窑五彩小盖盅——这是一个非常重要的道具。然后贾母说了一句话,很古怪,说我不吃六安茶。显然,贾母跟妙玉的家族,还不仅是父母一辈,可能跟她爷爷奶奶一辈,曾经非常熟悉。她知道妙玉家的待客习惯,在妙玉的长辈在世的时候,待客总是要端出六安茶来。贾母是贾府的老祖宗,妙玉是晚辈,贾母用不着客气,所以曹雪芹不多废话,就直接写贾母说,我不吃六安茶。然后妙玉这个角色在第一次出场中也就第一回开口了。妙玉这句话也很简洁,更妙,她说,知道,这是老君眉。就这么几个字,贾家和妙玉背后的那个家族之间的关系就点出来了。妙玉十八岁,虽然父母双亡,但是显然对自己家族与贾家的交往是有记忆的,早就有准备，所以立刻回答了两个字，知道，然后告诉贾母，这是老君眉。"老君眉"暗含长寿的意思，是一番好意。

贾母接过了茶，又问是什么水。曹雪芹把贾母也写得很有性格，很会享受生活，享受到了精致入微的地步，这种人真的是品茶。会品茶的不仅要挑剔茶叶，还要讲究烹茶的用水。妙玉就告诉她，是旧年蠲的雨水。所谓"旧年蠲的雨水"，就是接了当年的雨水后澄清，然后滗出来，搁在专门的一种瓷器或者陶器里，埋在树下，一年后再刨出来烹茶。当时认为旧年蠲的雨水是很高级的烹茶用水。贾母一听，茶也对路，水也合格，就品那杯茶，喝去半盅。

通过贾母和妙玉短短的两次对话，我觉得，妙玉这个人物也是有生活原型的。贾母的原型是康熙朝苏州织造李煦的妹妹，书里交代妙玉是苏州人士，她的原型应该是苏州一个官宦人家的女儿。她父亲可能是一位主管茶政的官员，所以她家对各种茶叶，以及烹茶用水还有茶具都非常讲究。主管宫廷织品，并且经常兼管盐政的李煦，与同一地方管理茶政的官员之间，关系当然可以是非常密切的，两家人也可能曾经过从甚密。因此，前面写仆人跟王夫人介绍妙玉的情况，她不等听完就表了态，以及这里写贾母进了禅堂坐下，没等妙玉开口就说自己不吃六安茶，就都不奇怪了。贾母的原型后来常住南京，之后王夫人成为她的儿媳妇，但她们跟苏州的亲友保持着密切联系，跟妙玉家是有来往的，用不着别人详细介绍，自然知其根底。曹雪芹之所以这样写，是因为在现实生活里，有那么一个苏州的官宦人家，有那么一个比他大几岁的女性。

六安茶和老君眉都是好茶，但六安茶——产自安徽六安——略有苦味。一个并非豪门，靠科举步入仕途的官宦人家喜欢喝六安茶，来了客人也以六安茶招待，是完全可以理解的、很正常的。但是现实生活中的李、曹两家，也就是书里的史、贾两家，世代簪缨，没经历过什么寒窗苦读，犯不上喝略带苦味的六安茶来抚慰自己的心灵。他们爱喝的，是几种每年都要向皇帝进贡的香茶，那么老君眉——产自洞庭湖的君山——形如银针，味甘气醇，当然就很符合他们的心理和舌喉的需求了。妙玉深知这些侯门贵族的讲究，不献六安茶而捧出老君眉，也就顺理成章了。这样的细节是很难虚构的，应该是从现实生活中提炼出来的。难为曹雪芹把这么丰富的内涵用如此简洁的方式表达了出来。

妙玉跟贾母说完这两句话之后，就懒得再去理她们了。她是一个很高傲的人，对贾母不得不敷衍，但也懒得浪费更多的时间。她拉一拉宝钗和黛玉的衣襟，就把她们带到东禅房旁边的耳房，单请她们去喝梯己茶。贾宝玉照例要跟进去——这个人就是凡是女性的美好的活动，他一律要去扎堆，总少不了他，这真是一个很有意思的青春女性崇拜者。

贾宝玉跟进去以后，各古本的写法不一样，有的说是黛玉和宝钗两个人跟他说，你又赶来蹭茶吃，这里并没你的；有的说是三个人说的。如果算三个人说的，妙玉就又开了一次口。我把它算进去，算是妙玉第三次开口。"这里并没你的"，这句话可能就是妙玉说的,因为她是要单请林黛玉和薛宝钗品这个茶。正在这时候,那边贾母喝得差不多了。而且贾母喝了半盅茶之后,就把剩下的半盅给刘姥姥喝了。当时妙玉也看见了。等妙玉的仆人把这个成窑小盖盅收回来,妙玉第四次开口,跟仆人说这个就别收了,搁到外面去吧。曹雪芹珍爱妙玉这个人物,但并不会就不写她的缺点。实际上,曹雪芹笔下的每一钗都是既有优点又有缺点的,还有一些说不清是优点还是缺点的性格特征。她们都是活生生的生命存在,都有自己全部的复杂人性,走过自己的人生历程。

接下来就写妙玉招待林黛玉和薛宝钗,拿出非常珍贵的茶具。这里的描写非常夸张,有些描写跟前面描写秦可卿的卧房差不多。她拿出一样东西——瓟斝,读作"班袍甲"——这个东西不是瓷器,是在葫芦刚结出来的时候套上模具,等葫芦长大,充满模具之后,再把模具拆开,葫芦就长成了模具的样子;当然,还要经过一些精细的加工。书里面说这个怪东西旁边还有耳,杯上还刻着字,写的是"晋王恺珍玩";更夸张的是后面还有一行小字,"宋元丰五年四月眉山苏轼见于秘府"。王恺是晋朝的大富豪,收藏各种名贵的东西,这个东西曾被王恺收藏过,而且还有人做证——苏东坡,还见于秘府。这个描写很夸张,是从生活的原型升华为艺术的创造,夸张得非常过度。因为这种用模具强迫葫芦长成怪样子的做法是康熙年间才有的,很难找到证据证明晋朝或者宋朝有这种东西,这就是曹雪芹艺术上的发挥了。这个怪东西就被妙玉用来给薛宝钗品茶。另外一样东西也是奇珍,叫作点犀盉,读作"点西桥"。有的版本第一个字不是"点"而是"杏"。这个东西的名字在版本学上有争议,现在不细说,但也是一个非常珍贵的东西,是用犀牛角做的,她用来给林黛玉品茶。

这个时候,贾宝玉就想看妙玉拿什么给自己品茶。曹雪芹怎么写的呢?妙玉就把前番自己常日吃茶的那只绿玉斗拿来给宝玉品茶。"绿玉斗"就是用绿色的玉制作的,形状像过去量米的斗的茶杯。这时妙玉就要第五次开口了,因为贾宝玉抗议了。

贾宝玉说，常言世法平等，她们就用这样的古玩奇珍，我就用这个俗器了？妙玉就回答他说，这是俗器？不是我说狂话，只怕你家里未必找得出这么一个俗器来呢！这就是妙玉的性格。"不是我说狂话"——她其实就是说狂话，而且一句比一句狂。曹雪芹写到这儿，妙玉说的话，总共一百个字都没到，这人物就活了，就是这么一个人，就是这么个性格。然后她看大家喝得高兴，就又寻出一个东西。这个东西太夸张了，叫作九曲十环一百二十节蟠虬整雕竹根的一个大盒。妙玉就拿着这个东西，笑着对贾宝玉说，就剩了这一个，你可吃得了这一盒？贾宝玉就说吃得了。妙玉就笑道——这是妙玉第七次说话——你虽吃得了，也没这些茶糟蹋，你岂不闻一杯为品，二杯即是解渴的蠢物，三杯便是饮牛饮骡了！

妙玉第八次开口说话，是跟贾宝玉说的，说你这遭吃的茶是托她们两个的福，独你来了，我是不给你吃的。这个话本来她不说大家也明白，她跟贾宝玉不但男女有别，而且她本身还是带发修行的尼姑,当然不能随便招待一位公子品茶,但她偏要说出来。

然后是第九次开口。贾宝玉就说那我谢她们便是,妙玉回复:"这话明白。"

最突出表现妙玉的孤僻和尖刻的就是她第十次开口,是说林黛玉。林黛玉的生活是诗化的生活,雅致得不能再雅致。比如有一次她离开潇湘馆的时候嘱咐紫鹃,要怎么把屋子收拾了,把窗户打开让大燕子回来,又怎么放帘子,怎么样烧香炉,等等。批评林黛玉可以用无数的词语,但是若说她俗,实在是让人匪夷所思。但是接下来林黛玉问了一句,这也是旧年的雨水?因为前面大家都跟贾母在一起,在东禅堂,贾母问了烹茶的是什么水,妙玉说是旧年蠲的雨水,林黛玉就以为自己喝的也是旧年蠲的雨水。结果妙玉冷笑道,你这么个人,竟是个大俗人,连水也尝不出来。这是五年前我在玄墓蟠香寺住着,收的梅花上的雪,共得了那鬼脸青的花瓮一瓮,总舍不得吃,埋在地下,今年夏天才开了,我只吃过一回,这是第二回。你怎么尝不出来？隔年蠲的雨水哪有这样轻浮，如何吃得？——亏曹雪芹写得出来，妙玉竟然敢教训林黛玉！薛宝钗后来也教训过林黛玉，但是得赔多少小心，话绕来绕去，最后也只是指点一下。而且这段话还说明，妙玉给贾母烹茶用旧年的雨水也并不意味着看重贾母，她还有更好的水，却并不给她喝。

贾宝玉后来就建议，成窑小盖盅你既然不要了，干脆送给刘姥姥得了。妙玉听了，想了一想才开口说，这也罢了，幸而那杯子是我没吃过的，若我使过，我就砸碎了也不能给她。只是我可不亲自给她，你要给她我也不管，我只交给你，你快拿去吧。就这么把杯子打发了，这是她第十一次开口。

第十二次开口是客人要走了。这时贾宝玉说，是不是叫几个小幺儿到河里打几桶水洗洗地？贾宝玉只是调侃，开个玩笑，没想到妙玉竟然接了这个茬说，这更好了，只是你嘱咐他们抬了水只搁在山门外头墙根下，别进门来。这真是把妙玉的性格写绝了。然后就接着写，所有人出了栊翠庵，妙玉并不甚留，送出山门，回身便将门闭了。

这段文字，各种古本和通行本出入非常少，都是一千三百五十个字左右。而以蒙古王府本为底本，我用六个本子汇校以后，最后得出的精确数字是一千三百四十七个字。其中写到了妙玉的性格，写到了她和贾母之间的关系，写到了她对刘姥姥的态度，写到了她和林黛玉之间的冲突，写到了她和薛宝钗、贾宝玉的种种微妙关系。

说到这里，大家最感兴趣的一个问题就浮现出来了，就是究竟妙玉和宝玉之间有没有情爱关系？说得再直接一点，她用那个绿玉斗给宝玉喝茶，有没有间接接吻的意思？

妙玉的情爱

妙玉和贾宝玉究竟是什么关系，他们之间有没有情爱？特别是在第四十一回，妙玉请宝、黛、钗品茶的时候，把自己用的绿玉斗给了贾宝玉用。有人说，妙玉那么一个有洁癖的人，只因为刘姥姥用过一次，那么名贵珍稀的成窑茶杯她就不要了，怎么舍得把自己的绿玉斗拿给贾宝玉用呢？这是不是意味着妙玉对贾宝玉有一种特殊的情感呢？

妙玉和贾宝玉之间到底有没有爱情，这实在是一个历来为红学爱好者和研究者热衷的话题。许多人认为，从《红楼梦》的文字描写分析，在心性上比林黛玉、薛宝钗更成熟的妙玉，肯定对贾宝玉有爱慕之情；而更多的人则认为，即使两人之间不是爱情，也一定有一种说不清道不明的情愫，否则，妙玉又怎么会将自己用过的绿玉斗给贾宝玉用呢？总之，他们之间多少有点暧昧。那么，曹雪芹笔下的妙玉和贾宝玉之间究竟是一种什么关系？这其中到底有什么玄机呢？

高鹗续《红楼梦》的时候就认定这个行为意味着妙玉暗恋贾宝玉，所以他在续书里安排了几次妙玉的戏，写妙玉看见贾宝玉就脸红心跳，回到自己的禅房，坐到蒲团上就心猿意马。他就顺着这样一个思路往下写，而且最后给妙玉安排的结局，是她对贾宝玉的心意没有结果，却被强盗用闷香给闷晕抢走了，强盗把她抱走以前还对她轻薄了一番，最后她或者就屈从强盗了，或者宁死不屈被强盗杀死了。但不管是哪种结局，高鹗完全歪曲了曹雪芹对妙玉这个角色的基本构想。妙玉是曹雪芹极为珍爱的一个角色，她在曹雪芹心目中是一个非常美丽的、有才华的、散发出特殊的性格光芒的女性。

关于妙玉和贾宝玉之间的关系,贾宝玉有一些话可以使我们洞彻。贾宝玉过生日,得到妙玉的拜帖之后,想找林黛玉去商量怎么回这个拜帖,结果半路上遇见了邢岫烟。他在和邢岫烟的对话中,一方面听取她对妙玉的种种介绍、评价,同时自己也说了一些话,体现出他对妙玉的评价。他说,"他为人孤高,不合时宜,万人不入她目"。可见贾宝玉对她是了解的,他们两个心灵上是相通的。特别注意"不合时宜"这四个字,这四个字在书里面写妙玉的时候出现了好多次,书里屡次说她"不合时宜"。贾宝玉还说,"他原不在这些人中算"。贾宝玉一天到晚在大观园的这些女儿们中间厮混,却说妙玉不在这些人中算,不仅是生活方式不在这些人中算,包括她的心境、她的精神境界,也不在这些人中算,她是另外一种人。他说"他原是世人意外之人",世界上的人可能都不理解她,而且她的某些行为会让人感到非常意外。这些话都有很深的含义。贾宝玉明白妙玉给他帖子的原因。为什么妙玉对他这么看重,他过生日会给他一个拜帖呢?他是这么解释的:"因取我是个些微有知识的,方给我这帖子。"这个"知识"和我们今天常说的那个"知识"不是一个概念,是一种佛家的语言,就是有悟性,指某个人有一种觉悟,对个人和宇宙、生命和自然、自己和别人,有一种比较透彻的醒悟。当然贾宝玉自己也觉得自己醒悟得还不够,只是稍微有一点,但有一点就行了,就足够赢得妙玉的青眼了。

贾宝玉确实是一个"些微有知识"的人。他看见燕子就跟燕子说话;到了河边看见河里鱼儿游动就和鱼儿交流;他体贴女儿们,自己被淋成水鸡儿,却一点感觉也没有,只关心那淋雨的姑娘,提醒人家赶快去躲雨……他懂得天地之间任何生命都是宝贵的,他热爱生命,懂得每一个生命都是不容易的;他懂得生命的尊严是不论大小的,生命和生命之间的第一要义不是争斗,而是互相给予慰藉。

所以贾宝玉能懂得妙玉,妙玉也懂得贾宝玉。所以,我认为,在曹雪芹的笔下,妙玉和贾宝玉之间不是一种情爱关系,而是一种高级的精神交流,他们是互相欣赏的。人与人之间是可以建立起这样一种高级的精神关系的。男女之间,除了有性爱,有情爱,也可以有这种惺惺相惜的高级的情感关系。曹雪芹写《红楼梦》,确实不是只想写人与人之间的利害关系,或者只是写贾宝玉和林黛玉铭心刻骨的爱情。他和《红楼梦》的伟大之处,就在于他通过这部书,一直在螺旋式地超越、升华,最后表达的,是非常深刻、非常高级的思想。这种思想内涵能在那样一个时代、那样一种人文环境下书写出来,真是一个奇迹。它不仅在我们民族的文化史、思想史上达到了一个难以企及和突破的高度,就是跟同一时期世界其他民族的文化思想成果相比,也绝不逊色,甚至还高过一筹。

那个绿玉斗好像成为千古疑案了。为什么妙玉要给贾宝玉用它?关于这一情节,各种古本的措辞基本都一样,说是妙玉"仍将前番自己常日吃茶的那只绿玉斗来斟与宝玉"。不是那天妙玉就用这个绿玉斗喝茶,贾宝玉来了以后,就直接把自己用过的茶杯给他用;这个茶杯只是她"前番"用过的。

什么叫前番？就是前一阵，有一个比较大的时间差才叫前番。比如问你去没去过黄山啊？回答说前番我去过，就不是说昨天或者上个月去过，而可能是很久以前了。我觉得，这个情节只说明妙玉觉得贾宝玉是一个"些微有知识"的人，所以才那样招待他。虽然她之前有一阵子每天用这只绿玉斗喝茶，但也已经有一段时间没用过了，而且她有洁癖，用完以后显然都经过了非常仔细的清洗。所以我们不能仅凭这么一笔就断定妙玉在潜意识里想通过这个东西来达到和贾宝玉间接接吻的目的。

而且通过书中大量的文字描写我们可以知道，贾宝玉对女子的感情分几个层次，真正说到爱情的话，他只爱一个人，就是林黛玉，这个再明显不过了。在某些时刻，他可能觉得这个很美丽，那个很好看，但他真正钟爱的女子就只有林黛玉一人。有了一个薛宝钗，已经有点三角关系了；又有一个史湘云，又是一个活泼泼的表妹，有人认为已经构成四角关系了——其实史湘云不掺和这事，这只是一些读者自己的浪漫想象。

妙玉诚然是《红楼梦》里一个非常特殊的女性,美丽、纯洁,而又高傲、孤僻。这样一个妙龄少女,为什么会在如花年华选择与青灯古殿、暮鼓晨钟相伴?难道在遁入空门之前,她会有一段难以言表的情感纠葛吗?八十回之后,她又会有怎样的经历?她真的会像有的人揣想的那样,沦落青楼吗?

其实,妙玉的命运,在金陵十二钗正册的册页以及《红楼梦》十二支曲里是有透露的。关于妙玉的那支曲叫《世难容》。在《世难容》曲里面,曹雪芹全面地展示了妙玉的性格风采、命运和结局。我们来细读一下。

气质美如兰,才华阜比仙。天生成孤癖人皆罕。你道是啖肉食腥膻,视绮罗俗厌;却不知太高人愈妒,过洁世同嫌。可叹这,青灯古殿人将老;辜负了,红粉朱楼春色阑。到头来,依旧是风尘肮脏违心愿。好一似,无瑕白玉遭泥陷,又何须,王孙公子叹无缘?

"世难容"这个曲名本身,就点出了妙玉在这个世界上的生存是非常困难的,这个世界容不了她。曹雪芹说她"气质美如兰,才华阜比仙",这是两句非常高的评价。所谓"玉精神,兰气息",是过去对女子最高的评价,妙玉就是"气质美如兰"。"才华阜比仙","阜"就是丰富、多,多得都溢出来了。她的才华到了这个程度,可以和仙人相比。她的性格当然比较古怪,"天生成孤癖人皆罕"。人间很少见这种人。她很高傲,但是那种高傲、孤僻,没有破坏性、攻击性,不妨碍其他人,只是个人的率性,由着自己的性子生活。

"你道是啖肉食腥膻,视绮罗俗厌。"这是以唱曲人的口吻对妙玉说,说你这个人,认为吃那些腥膻的东西,穿那些绫罗绸缎,是恶俗不堪,你看不起那些人。这里的"你道是"跟下面的"却不知"是两口气,是衔接的,说完"你道是",接着就说"却不知太高人愈妒,过洁世同嫌"。

下面的话值得注意,"可叹这,青灯古殿人将老;辜负了,红粉朱楼春色阑"。书里写得非常明白，整个大观园都是新建的，虽然也使用了一些原来荣国府、宁国府旧有的山石、树木、小的亭台楼阁，将它们加以组合、运用，但是栊翠庵和稻香村这些建筑群一样，都是在元妃省亲前新建的。栊翠庵不是"古殿"，所以"青灯古殿人将老"这句说的应该不是栊翠庵，而是邢岫烟说的妙玉当年在江南住的那个寺庙。关于那个寺庙，妙玉在品茶的时候说了。她请薛宝钗和林黛玉吃梯己茶，烹茶用的水，是五年前在江南收的梅花上的雪，她说那个时候，"我在玄墓蟠香寺住着"。玄墓是一个地名，蟠香寺应该是一座古寺，所以这一句应该是告诉大家，妙玉在蟠香寺曾经有过这样的处境，"青灯古殿人将老"。老吗？妙玉到大观园的时候是十八岁，五年前，她应该是十三岁，当然不老，但是"人将老"。因为那个时候，十三岁的女孩，如果家里有背景的话，就要准备参加选秀女了；如果生在一般人家，也要谈婚论嫁了。那时候发生了什么事呢？下面一句，说她"辜负了，红粉朱楼春色阑"。这"红粉朱楼"显然指的不是大观园里的那些建筑，因为这一句和"青灯古殿"那一句是联属的，有可能蟠香寺是有红粉朱楼的，妙玉有时候也会登楼眺望春色。"春色阑"就是春天快结束了。这一句就说明妙玉也是一个活泼泼的生命，她肯定有她的芳心，有她的爱情。我认为这两句实际上点明了妙玉来到大观园前的带发修行是被迫的，是无可奈何的，她也曾春心萌动，这两句写得很清楚。

争论最大、引起误会最多的是下面一句，"到头来，依旧是风尘肮脏（kǎng zǎng）违心愿"。有人说，这不是肮脏（āng zāng）吗？"依旧是风尘肮脏（āng zāng）违心愿。"高鹗就是按这个思路往下写的，不管妙玉前面怎么样，到头来，终归要跟"风尘"沾边。所谓"风尘"，不就是指风尘女子吗？那后来是不是沦落青楼了？那么有洁癖的一个人，最后却很肮脏，违背了原来的心愿。如果这么解读的话，高鹗所续的似乎就都合理了。对于这一句的理解，我和高鹗之间，或者说很多红学研究者和高鹗之间，存在重大分歧。高鹗对这一句有意无意地加以曲解，并基于这样的曲解，在续后四十回的时候把妙玉写成了那样一种不堪的样子，是不对的。

实际上在这一句中，"风尘"是俗世的意思，是"一路风尘"的"风尘"、"风尘仆仆"的"风尘"。《红楼梦》第一回的回目就是"贾雨村风尘怀闺秀"，那当然不是他在妓院之类的地方怀念闺秀的意思。曹雪芹显然是在很正面地使用"风尘"这个字眼，在甲戌本的"楔子"里，他更明确指出：开卷即云"风尘怀闺秀"，则知作者本意原为记述当日闺友闺情。

至于"肮脏"这两个字，写法是这样，但是在古汉语里，这两个字要读kǎng zǎng，是不阿不屈的意思，就是形容一个人很坚强，在很困难的时候也不低头，能够坚持自己的信念。有很多例子，现仅举一例。比如文天祥被俘后，新政权对他威逼利诱，但他就是不投降，最后被元朝皇帝处死了。他有一首很有名的诗叫《得儿女消息》，里面就有两句"肮脏到头方是汉，娉婷更欲向何人"。

通过层层分析，我的结论是：妙玉和贾宝玉之间，只是一种高级的精神交流，并没有所谓的爱情关系。既然如此，为爱选择皈依佛门的妙玉所爱的究竟是谁呢？《世难容》曲里的"王孙公子叹无缘"中的那个"王孙公子"到底是何许人也？在《红楼梦》的文本当中会有这个人的身影吗？

我们还要再进行精读。《世难容》曲最后说，"好一似，无瑕美玉遭泥陷，又何须，王孙公子叹无缘"。有人说，读完这个，我就更觉得高鹗写得对了，最后妙玉就是遭泥陷了；最后贾宝玉这个王孙公子就是叹息自己跟妙玉没缘分。但是我认为，这个"王孙公子"不是贾宝玉。因为在前八十回里，找不到贾宝玉觉得自己跟妙玉之间有姻缘，后来因为姻缘不成而嗟叹的蛛丝马迹。

在《红楼梦》的文本里面，正儿八经地写出"王孙公子"四个字的地方有没有呢？是有的。第十四回，秦可卿办丧事的时候，曹雪芹在行文中非常明确地交代了参加葬礼的人物，其中当然写到了很多王侯显贵，此处就有这么一句："余者锦乡伯公子韩奇，神武将军公子冯紫英，陈也俊、卫若兰等诸王孙公子，不可枚数。"我认为"王孙公子叹无缘"的"王孙公子"就在这些人里面。

这里面有冯紫英，大家很熟悉了，他后面还有两个名字，一个是陈也俊，一个是卫若兰。"卫若兰"这个名字在前八十回只出现过这一次，但脂砚斋的批语里一再提到，在八十回后这将是一个非常重要的人物。例如在第二十六回，脂砚斋批语说："惜卫若兰射圃文字迷失无稿，叹叹！"曹雪芹已经写出来了，不光是一个构思，八十回后有一回的文字就是写卫若兰射圃。射圃就是在固定场地练习射箭。第七十五回已经写了贾珍在宁国府天香楼下，邀请世家子弟和富贵亲友来射圃；八十回后，曹雪芹又写了卫若兰射圃，只可惜"迷失无稿"了。这个只在第十四回出现过一下名字的卫若兰，居然是八十回后的重要角色，还要射圃，那么这个射圃算是什么情节呢？这个卫若兰和其他的人物之间有没有什么重要关系呢？在第三十一回还有一条脂批："后数十回，若兰在射圃所配之麒麟，正此麒麟也。提纲伏于此回中，所谓草蛇灰线，在千里之外。"第三十一回写史湘云在大观园捡到了一个金麒麟。史湘云自己身上就戴着一个金麒麟,这时又捡到了一个金麒麟,而且这一回的回目很奇怪,叫作"因麒麟伏白首双星"。因为这麒麟伏下一段故事,就是两人白头偕老,共度残年。这个情节曹雪芹已经写出来了。史湘云捡到的这个麒麟就是卫若兰射圃的时候佩戴的,就是第三十一回的这个麒麟。关于这对麒麟的事情,下面还会细讲,这里不再赘述,但是绝不能轻视第十四回的这个名单。

再来细读第十四回里的这句话。如果说排在最后的这个卫若兰在八十回后都是一个重要人物的话,那么陈也俊难道会是一个胡乱编出来的名字吗?如果根据太虚幻境四仙姑和《枉凝眉》曲的判断,史湘云和妙玉是并列的贾宝玉的生命中十分重要的女性,那么既然卫若兰和史湘云有关系,这个陈也俊应该就是和妙玉有关系的王孙公子。所以"王孙公子叹无缘"的这个"王孙公子",很可能就是陈也俊。

为什么认定是陈也俊?不是还有韩奇和冯紫英

吗？韩、冯两人都写了家庭背景，这是为了让读者感到秦可卿丧事之隆重。而且冯紫英在前八十回多次暗出明出，看不出他和妙玉有什么关系。这个陈也俊和卫若兰一样，没特别写出是谁家的公子，但又排在卫若兰之前，如果不是一个伏笔，实在没有写的必要；卫若兰既然与史湘云有瓜葛，那么，陈也俊只能是与妙玉有关系。

为什么说妙玉"不合时宜"？在那样一个社会，父母双亡，带发修行，却又爱上了一个王孙公子，追求恋爱自由，那是非常出格的，那就叫不合时宜。这倒也罢了，很可能还有哪个权贵依仗权势要强娶妙玉。所以她不是因为政治原因逃到京城，最终住进栊翠庵的，而很可能是为了争取自由——恋爱的自由，生命的自由——才投奔大观园的。或者她和陈也俊相爱的时候父母还在，但是也不同意，于是她坚持自己的情感追求，遁入空门也是抗争的一种手段，然而又还抱有一线希望，所以是带发修行。不管怎么说，她都是一个"肮脏到头"的奇女子。

当然，很显然，她没能和她爱恋的王孙公子——

很可能就是这个陈也俊——结合，所以《世难容》曲最后说，"又何须，王孙公子叹无缘"。发出叹息的王孙公子不是贾宝玉，而是陈也俊。

这也可以从一个侧面解释妙玉为什么那样欣赏贾宝玉。她在大观园待了一段时间后，可能就会发现贾宝玉和林黛玉的关系不一般，在那个时代，这是很引人注目的，而且这两个人甚至到了不避嫌疑的地步。她可能不知道详情，但是她看出了这一点，于是便认为贾宝玉了不起，跟她一样，是"些微有知识"的人，懂得什么叫真正的爱情，懂得一个人应该怎么生活。她和贾宝玉之间就是这样一种互相呼应的关系，所以书里好多文字，都是话里有话的。曹雪芹的文笔真是高妙到了极点，短短十几、几十个字，就一声而两歌，一手而两牍，真所谓一石三鸟，甚至一石数鸟。

那么，妙玉最后结局如何呢？她在贾宝玉的生命中扮演了一个非常重要的角色，如果说他们之间并没有情爱关系，那么在八十回后，他们之间还会有什么故事呢？

妙玉的结局

由于《红楼梦》八十回之后的文稿在流传过程中不幸散失,所以我们对于妙玉到底会有怎样的结局,确实不得而知。但是根据前八十回的文本,我们还是可以探究出一些关于妙玉结局的线索。

八十回后,妙玉将充分体现出她在贾宝玉一生当中的重要作用,这是我通过对太虚幻境四仙姑命名的分析,以及对《世难容》曲的探讨,已经明确了的。那么,她将起什么样的重要作用呢?我觉得我们还是应该再把前八十回里面妙玉的第二次正面出场探究一番。妙玉在前八十回里共有两次正面出场：第一次是在第四十一回,品茶;第二次就是第七十六回,联诗。

第七十六回的主要角色不是妙玉,而是林黛玉和史湘云。两个人在凹晶馆联诗,联到最后,出现了两句非常有名的句子,一句是"寒塘渡鹤影",一句是"冷月葬花魂"。当然,通行本里都写成"冷月葬诗魂",但是在版本学的讨论中,我个人是站在"冷月葬花魂"这一边的,认为"花魂"才是曹雪芹的原笔。很多古本写的都是"冷月葬花魂",而"花魂"这个词,在《红楼梦》里是多次出现过的,比如第二十六回末尾,写林黛玉哭,把宿鸟都惊飞了,于是曹雪芹写道:真是花魂默默无情绪,鸟梦痴痴何处惊。林黛玉的《葬花吟》里,一连几句使用了"花魂"这个词:"昨宵庭外悲歌发,知是花魂与鸟魂?花魂鸟魂总难留,鸟自无言花自羞。"请注意,"花魂"和"鸟魂"构成了一组相对应的概念,"寒塘渡鹤影","鹤影"不也就是"鸟魂"吗?关于这个问题,这里不再深说,因为我们现在主要是讲妙玉。

史湘云和林黛玉的这两个句子非常好,想必许多读者读到这两句时,心里都会涌动着难以言说的心绪,想知道她们下面该怎么联句。这两句出来,真是绝唱,比它们更好,难了。曹雪芹下笔很聪明,没再往下写林、史二人联句,而是写就在两人停下来相对感叹的时候,一语未了,只见栏外山石后转出一个人来——妙玉出场了。妙玉出来以后,就说你们联诗联到这个地步,就暂歇一下吧,然后就把她们带到了栊翠庵。妙玉自己兴致很高,就说我现在要一口气把你们这个联诗续完,然后她果然就把这个诗续完了。

续诗之前,妙玉说了几句很重要的话,她说:"如今收结,到底还该归到本来面目上去。"这句话含义很深,表面上是说现在我把这个诗做一个了结,"收结"就是说你们已经联了二十二韵了,我要把它做一个了结,续成三十五韵,使它完整、清爽。"到底还该归到本来面目上去。"你们不是吟月吗?妙玉表面上是说,我要翻回来切题;另外一层意思是说做人跟作诗是一样的,或者说作诗跟做人是一样的,到头来,人应该保持自己的本来面目。这是妙玉一生的追求,就是我的性格我不遮掩,我的棱角我不磨去,我要生活在自己的本来的性情里面,我要以真面目示人。妙玉这种保持本真的人生追求是很了不起的,在任何时代、任何社会环境下,都很了不起。这话还有另外一个层次的意蕴,也预示着八十回以后,曹雪芹的总体追求,就是"到底还该归到本来面目上去""质本洁来还洁去"。我们都知道《石头记》开篇有一块大石头,下界经历一番之后,最后还要回到青埂峰下,还要回到它本来的位置上去,所以曹雪芹的语言确实都是内涵、层次很丰富的。

然后妙玉接着说:"若只管丢了真情真事,且去搜奇拣怪……"当然这是半句话,下面还有半句,但我们先说这半句。实际上曹雪芹通过妙玉这个话再一次宣布了他自己的写作原则。我一直坚持一个看法,就是《红楼梦》是带有自叙性、自传性特点的小说,它的人物有生活原型,它的事件有事件原型,甚至于它里面的物件有物件原型,它很多细节有细节原型，很多话语是作者亲耳听见过的，从生活当中撷取来的。在这里，曹雪芹通过妙玉在提笔前说的一番话，再一次宣布了这样一个美学原则，就是不能丢了真情真景，不能只是搜奇拣怪。

妙玉的后半句话更值得玩味，说"一则失了咱们的闺阁面目，二则也与题目无涉了"。先说这"一则"。妙玉是一个带发修行的尼姑，在栊翠庵里，每天都要打坐念经做功课，怎么能和林黛玉、史湘云站在一个立场上，说什么"闺阁面目"呢？禅房和闺阁是完全不同的，她自己以前不也常用槛内、槛外那样的概念，区别得清清楚楚吗？怎么又这么说呢？这话如果是林黛玉和史湘云说出来倒没什么，可是万不该由妙玉说出来。曹雪芹这样写，就是要告诉我们，妙玉这个人确实是"不合时宜"。她人在庵中，却心有情爱，始终认为自己是闺阁中人，而不认为自己因为种种原因成了这样一个尼姑，就必须遵守清规戒律。言为心声，妙玉的内心世界，由此可见一斑。

那么妙玉要怎么续这首诗呢？未动笔前，她先对林、史两人说:"依我必须如此,方翻转过来,虽前头有凄楚之句,亦无甚碍了。"她续诗前后都有交代,可见她续这个诗有自己的原则,有自己的美学宣言,有她对诗句内涵的追求。尤其是她强调"必须如此,方翻转过来"。请注意"翻转过来"四字,八十回后,妙玉在宝玉一生中所起的作用就可以用这四字概括。

曹雪芹在第七十六回以出人意料的笔法让妙玉出场,并让她一气呵成续出了中秋联句十三韵,其中的玄机到底在哪里?妙玉的十三韵究竟说了什么?它与妙玉的最终结局又有什么关系呢?

在西方文学批评体系里,曾经有一个流派颇为流行,叫作"新批评派"。他们的主张就是文本细读,认为只有仔细地,甚至探幽发微地细读细抠细品细评作者写下的每一个句子,每一个用词,才能洞彻作者的创作心理,并阐发出作者想表达的深层意蕴。我研究《红楼梦》,基本的方法也是细读。细读了妙玉所续的这十三韵后,就形成了我个人的见解。

我个人细读的心得是，妙玉在她所续的这些诗句里面，把贾府，特别是金陵十二钗正册里面除她自己以外的这些女子——甚至也可以把她自己包括在内——的命运结局，做了一个扫描和概括。

头两句，"香篆销金鼎，脂冰腻玉盆"。"香篆销金鼎"，大意就是说很高级的香在很贵重的鼎里燃烧，但是它很快就要烧完了。这是对贾元春的预言。八十回后，虽然贾元春身处"金鼎"般的皇宫里，但是她的命运也跟香一样，很快就会燃尽。"脂冰腻玉盆"，这是讲秦可卿，是说秦可卿这个事已经结束了。什么叫"脂冰腻玉盆"呢？过去，有钱人家经常用玉做的盆形器皿放蜡烛，而现在蜡烛不仅已经燃尽，而且是燃尽很久了，玉盆里积满了蜡油，看起来就像堆满了凝固的脂肪一样。

接下来，"箫增嫠妇泣，衾倩侍儿温"。箫的声音总是很悲凉、很凄惨的。嫠妇，就是寡妇。寡妇在那儿哭，但是她的境遇也还过得去，晚上还有伺候她的侍女给她把被子弄暖了，比如搁个汤婆什么的，这个就是概括薛宝钗的命运。八十回后，薛宝钗确实嫁给贾宝玉了,但是她和贾宝玉之间没有正常的夫妻生活,贾宝玉还一度出家,她很悲苦地过着一种活寡妇的生活。根据脂砚斋的批语,袭人离开贾府的时候,曾经跟府里的人留话,说"好歹留着麝月",因此我们可以知道,最后在薛宝钗很悲苦的时候,身边只剩下一个伺候她的人,那人并不是莺儿,莺儿当时究竟还在不在,我们现在找不到什么线索,但是我们有一个很重要的线索,就是后来麝月留在了她身边,所以说"袭倩侍儿温"。

后来王熙凤这些人到哪儿去了呢?下面就写了,"空帐悬文凤"。人去屋空,只是在帐子上还有凤凰的图案,成了一种悠远的回忆。这是暗示王熙凤后来人都没有了,当年的一切繁华富贵的生活,她的那种弄权、那种调笑、那种得意、那种愠怒,都已烟消云散。下一句是"闲屏掩彩鸳"。这句也是写景,屋子也是空的,只剩下屏风上描画的彩色的鸳鸯。这是暗示像鸳鸯这样的大丫鬟,最后也都花落水流红,漂泊不知何方,留下的只有一些回忆。

接下来的两句概括了八十回后贾府的艰难处境——"露浓苔更滑,霜重竹难扪"。

再下面两句,概括了迎春和探春的遭遇。"犹步萦纡沼",就是说走在沼泽边,随时都可能陷下去。迎春嫁给孙绍祖后,终究还是陷入了万劫不复的境地。探春怎么样呢?"还登寂历原。"探春的命运似乎稍微好一些。她原是庶出,可是她后来远嫁了,远嫁以后的地位似乎还有所提升,但是这种提升正像诗句所说的,是登上了"寂历原"。什么叫"寂历原"?很寂寞的,离自己的亲人和家乡很远的那样一个高地,这预示着探春远嫁的命运。

接下来两句,过去一般都认为是在写大观园夜晚的景色——"石奇神鬼搏,木怪虎狼蹲"。这确实是在写景,传达出一种凶煞的气氛。但是我个人认为,这两句实际上是在概括八十回后贾宝玉和林黛玉的险恶处境。谁是石?当然是贾宝玉。这个石是"奇石",不是大荒山无稽崖青埂峰下的那块无材补天的大石头,而是西方灵河岸三生石畔的"赤瑕""神瑛",是"病玉",因此也就虽具玉名玉像,"腹内原来草莽",其实还是一块顽石。这块奇石命运险恶,神鬼要来害他。木当然是指林黛玉。她是绛珠仙草,木是她的象征,她自己也说过她是"草木人儿",她跟贾宝玉构成了"木石前盟",这些书里多次明点暗写。林黛玉的前途也是很凶险的,有虎狼蹲踞。

接下来,"赑屃朝光透,罘罳晓露屯"。这就是写大背景了,写这些人物命运的大背景。"赑屃",传说龙生九子,它是其一,就是我们常见的驮碑的那个。"罘罳",是设在屋檐下防鸟雀来筑巢的金属网。石碑、檐角,都被朝光晓露笼罩,可见鹿死谁手,已经初现端倪了。也就是说,这两句预示着书里面的"月派"即将大溃败,贾家"忽喇喇似大厦倾"的局面也已经近在眼前了。

下面两句,"振林千树鸟,啼谷一声猿",写的似乎是自然界的现象,但实际上,妙玉写的是一种反抗的力量。"振林千树鸟",意味着冯紫英、柳湘莲、蒋玉菡、倪二等,会在政局的大振荡中反抗到底;"啼谷一声猿"则更是困兽犹斗的意思,虎虽终胜，但咒会顽抗到底。

接下来，"歧熟焉忘径"。就是说有人对斜岔小路很熟悉，有人一开始就选择了跟别人不一样的道路，所以到了关键时刻，很自然地就走到那条路上去了。这说的是惜春。惜春出家的念头不是在家族败落之后才产生的，第七回送宫花的时候，贾家的状况还很好，并没有什么危机，可是她跟智能儿一块儿玩，开玩笑，就说她以后要剪了头发当姑子。这对一个封建贵族大家庭的小姐来说，当然算得上歧路了。待到八十回后，"三春去后诸芳尽"，因为早就有这个想法，所以她很自然地就选择了出家。附带说一下，高鹗写惜春出家，很简单地把她安排在栊翠庵，去代替妙玉，这当然是不对的。因为根据曹雪芹的设计，最后贾府是落了片白茫茫大地真干净，而且关于惜春的判词说得也很清楚，说是在一个古庙里，一个女子独坐、念经，当然不会是在栊翠庵。我们已经指出过，栊翠庵不是古庙，从建造到贾府被抄一共还不到五年。还有一句"泉知不问源"，说的是谁呢？当然是巧姐。巧姐后来的命运比较好,她被刘姥姥搭救,不是偶然的。根源是什么?就是她母亲善待过刘姥姥,"偶因济刘氏,巧得遇恩人"。当然,所谓的命运比较好,也只是相对而言。

然后妙玉就写到自己和李纨了,当然写得很含蓄,叫作"钟鸣栊翠寺,鸡唱稻香村"。就是说贾府败落之后,出现了两个现象,一个就是栊翠庵——庵、寺有时候在俗称里面是可以混用的——还一度存在;另一个就是稻香村还单独存在。这是为什么?下面还会讲到这件事,这是很有意思的。

"芳情只自遣,雅趣向谁言。"这两句比较直白,是一个做总结的句子。

最后两句是整首诗的大结束——"彻旦休云倦,烹茶更细论"。

中秋夜大观园即景联句的三十五韵,妙玉一人就做了十三韵,林黛玉和史湘云合起来才做了二十二韵,每个人只做了十一韵。所以曹雪芹早就预设了妙玉这个人物"气质美如兰,才华阜比仙"。林黛玉和史湘云读了她的续诗后赞赏不已,说道:"可见我们天天是舍近而求远,现有这样诗仙在此,却天天去纸上谈兵!"

再往下读,就会发现,曹雪芹有一个对比性的描写。第四十一回,贾母她们品完茶,走出栊翠庵,妙玉"送出山门,回身便将门闭了"。但是这一次,她们熬了夜,林黛玉和史湘云离开的时候天都快亮了,她"送至门外,看他们去远,方掩门进来"。这对妙玉来说是很难得的。一个那么孤傲的人,这样的行为是很罕见的。曹雪芹为什么这样下笔?他是要告诉我们,妙玉是一个收束性的人物,是一个要把事情翻转过来的人。她在某种程度上甚至有点警幻仙姑的味道了,预示了这些人物的命运。她觉得这两个人走了就不知道哪天才能再见了。细读方能读出这种味道。

既然妙玉是一个收束性的人物,翻转性的人物,那么她在八十回之后到底有哪些作为呢?此前,我已经把前八十回中能够查到的线索都查了,该用的也都用到了,包括所有的脂砚斋批语,也没能提供这方面的明了答案。难道对妙玉结局的探索，就只好到这里为止了吗？

妙玉究竟在八十回后有什么重要作用，值得曹雪芹在前面这样铺垫，值得他最后考虑来考虑去，把薛宝琴这么一个重要人物都排除在金陵十二钗正册之外？尽管现在我们掌握的线索确实非常少，可是，也还可以再做一些努力。

在《红楼梦》版本学的研究领域里，曾经出现了一件聚讼纷纭的趣事。二十世纪六十年代，扬州有一个人叫靖应鹍，当时家境已经没落了，但是他们家祖传下来很多古书、线装书，最后因为住房狭窄，他就把这些书都堆在了堆房里。南方的房屋结构，屋顶下是一层木板，隔出一个空间，有梯子可以上去。这个空间一般不住人，是用来堆放东西的，叫作堆房。这些古旧书籍陆陆续续也失散了不少，但是他们家原来是一个书香门第，留下的也还很多，就堆在上面。有一天，他有一个朋友说想借书看，他就说你自己上去挑吧。这个人上去一看有一部《石头记》，是手抄本，八十回本《石头记》，就拿回家看了。这个人对《红楼梦》感兴趣，对红学研究也有一定兴趣，他就发现这个本子上的脂评——不说正文，只说它的脂砚斋批语——和当时红学界所公布的一些批语不太一样。同一句批语，它上面或者多一些字，或者少一些字，还有一些批语是红学界公布的其他版本里没有的。于是这个人就拿一个笔记本给抄下来了。抄下来以后，当时他也不知道红学家都住哪儿，但是知道很多都在北京，也知道他们所属的大概机构，比如说文学研究所啊，某某大学啊，于是他就把自己抄录的靖藏《石头记》的这些脂砚斋批语寄给了这些人，引起了这些红学界专家的重视。当然这个过程在那个时代是比较迟慢的。红学界专家对这件事很重视，觉得研究《红楼梦》就是要搜集各种古本，如今新发现了一个手抄本，上面还有异文，特别是有新的脂砚斋批语出现，他们认为这是件大事。于是，他们就开始跟那个人联系，说能不能把你们这个《石头记》送到北京来，让我们看一下。这个人收到信以后很高兴，就去找靖先生，靖先生也很高兴。在这之前，这个人已经把书还给靖先生了，靖先生让他自己把书放回去,他也确实放回去了。但是等北京要调这部书的时候,却怎么都找不到了。他们家人最后说,前些天有人来收废品,他的夫人——她没参与这个事,不知道——就把很大一堆书当废纸论斤卖了。这就是红学版本史上有名的"靖本谜案"。后来也有争议,说究竟有没有这个东西,有没有这部书,会不会是寄信的人编造出来的?靖先生和那个人也很着急,就说楼上所有的书都不能再动,要一本本地保存,一本本地检查,最后却发现剩下的都是些平平无奇的旧书了。不过他们在其中一本书里发现了一张纸,这张纸是从靖本《石头记》上脱落下来的,纸上还写了一些字,而且还有一条独特的批语。这张纸现在还在,因此就证明这部书是存在过的。

为什么要说这个靖本《石头记》呢?因为在靖先生的朋友抄录下来的独家批语中,有一条涉及妙玉八十回后的故事。

抄录者记录下的文字错乱不堪,后来经过红学专家仔细校正才可以读通。这条批语是在第四十一回，说"它日瓜州渡口，各示劝惩"。"它日"就是以后了，这是在介绍脂砚斋看到的，曹雪芹已经写出来的八十回后关于妙玉的情节。"瓜州"是长江边的一个很有名的渡口，有"两三星火是瓜州"这样的诗句流传至今。"各示劝惩"，究竟劝惩什么？怎么样"各示劝惩"？这比较含糊，但隐约可以知道，这段发生在瓜州的情节里，有"劝告"和"惩罚"的内容。后面又有一句："红颜固不能不屈从枯骨，岂不哀哉？""红颜"，应该就是指妙玉；"枯骨"，一把老骨头。"岂不哀哉"，整个是出悲剧。这条独特的批语暗示了妙玉八十回后的命运，以及她对别人命运所起的作用。

　　当然，应该说这不是一个很坚实的依据。第一，这部靖先生所藏的靖本《石头记》现在已经遗失了，无从查证。第二，是不是真有这样一条批语？因为最后找到的那页纸上的批语并不是这条，而且就连那页纸和上面那条批语的真伪，红学界也看法不一。所以，我只能说我个人相信关于妙玉的这条批语是真实的；如果说是故意作假，单就这条批语而言，我想不出假造的动机。而我觉得根据这条批语，就可以推测出八十回后关于妙玉的情节。

前面曹雪芹是有铺垫的，当仆人向王夫人讲述妙玉的来历的时候，曾经说过，她的师父圆寂的时候跟她说，她"不宜还乡"。曹雪芹写林黛玉，也说她三岁时来了个癞头和尚，因为她有病总不见好，那和尚要化她出家，这就跟妙玉幼时的情况很相近。当然她没有出家，和尚就说了，她如果想要病好，一生不能听见哭声，而且除了父母之外，外姓亲友一概不能见。结果呢，她还是违背了和尚的警告，见了外姓亲友，寄人篱下，天天以泪洗面，那么，这就不能不是一个悲剧的结局。有人可能会觉得，曹雪芹这样写是在宣扬宿命论，但这也是他的一种艺术手法，就是一个人被警告不能怎么样，生活的逻辑、性格的逻辑却偏偏让他非要这样，林黛玉是这样，妙玉也是这样。曹雪芹前面写下师父警告妙玉"不宜还乡"，显然不是废文赘语，又是草蛇灰线，伏延千里。

八十回后，曹雪芹有意识地写到，由于某种原因，妙玉选择了往南走，一路风尘到了瓜州渡口。怎么叫"各示劝惩"？这个分析起来比较艰难。但是结合下一句，我们可以设想一下。什么叫"红颜固不能不屈从枯骨"？"枯骨"显然是对恶势力，而且是上了年纪的恶势力的一种形容。关于妙玉的《世难容》曲里讲到过，她也有过美好的青春。我还推测，她有过大胆的、独立自主的爱情。我甚至还联想到，既然卫若兰跟史湘云在八十回后有戏，陈也俊这个名字的出现就不是偶然的，很可能就和妙玉有关。但是妙玉这种不为世俗所容的、不合时宜的对爱情婚姻自由的追求，不但遭到了一般性的反对——请注意，邢岫烟跟贾宝玉说，她不仅是不合时宜，还权势不容，那"权势"很可能就是"枯骨"——还可能有类似贾赦那样的老色鬼看上了她，强迫她嫁过去，她则选择了坚决抗争。就是鸳鸯那样的平时很随和的女性，尚可在关键时刻抗婚，何况是妙玉。因此，她才离开了江南，到了北京，躲在寺庙里，最后更躲进了大观园里的尼姑庵里。

妙玉为什么没有听从师父的劝告？在佛教界，师父圆寂时说的话，徒弟是绝对要遵守的；而且书里交代了，她师傅会演先天神数，是会算命的。但是妙玉义无反顾，坚决南下。据我推测，她就是去解救贾宝玉的，并且在那样一个复杂的情况下，她还解救了史湘云。而解救这两人的条件就是必须要屈从"枯骨"。这"枯骨"想必是一个权贵，比如忠顺王那样的人，最终她"红颜固不能不屈从枯骨"。虽然有如美玉陷入泥淖，但她是一个很高尚的人，最后牺牲了自己，救出了贾宝玉和史湘云。所谓"欲洁何曾洁，云空未必空"，并不是说妙玉出家是假的，而是说她最后情愿自污。那么她是一块碎掉的玉吗？她是一块有污点的玉吗？曹雪芹在第五回的判词和《世难容》曲里写得很清楚，她是"美玉无瑕"，她是一块美玉陷在了污泥里面，她没有"玉碎"，也就没有成为"碎玉"。她以屈从"枯骨"的代价，使贾宝玉和史湘云历经艰难困苦以后重新遇合，得以共度残生。这样一个女性，多高尚啊！这样一个女性，在贾宝玉一生当中占据一个重要地位,还有什么可怀疑的吗?这样一个女性,被列入金陵十二钗正册当然够格,甚至排在第六也是顺理成章的。

当然以上这些都是我个人的一些推测,仅供大家参考。

宝玉篇

玉石之辨

从秦可卿入手研究《红楼梦》，是为了弄清楚曹雪芹写作这部书的时代背景、他的家族和他个人的命运、他的创作心理、他提笔时所面临的巨大的外部压力和内心的痛苦。曹雪芹是有政治倾向的，具体来说，他和他的家族都对康熙皇帝充满感情，但对雍正就不一样了。曹家本来以为康熙之后即位的会是太子胤礽，他们跟这位两立两废的太子关系十分密切。但是后来却是雍正当了皇帝。雍正对曹家很不好，所以曹雪芹心怀不满是很自然的事。后来雍正暴亡，乾隆继位，努力平复雍正时期留下的政治伤痕,曹家从这种怀柔政策里获益,所以曹雪芹对乾隆应该又是比较能接受的。他不想干涉时世,也就是说他并不想在乾隆朝充当一个持不同政见者,写一部反对乾隆统治的书。他不想搞政治,但政治却不肯轻易饶过曹家。废太子的残余势力,特别是胤礽(雍正时已经改名允礽)的嫡长子弘晳,自以为是康熙的嫡长孙,谋夺皇位,为此当然也要广搜可以利用的社会资源,曹家不消说是首选之一。于是曹雪芹的父辈又卷进了弘晳逆案,由此曹家遭到毁灭性打击。乾隆处理完弘晳逆案后,销毁了相关档案,以致曹家到了曹雪芹那一代,简直就没留下什么官方的正式记载了。但我们根据同时代的一些非官方资料,可以知道曹雪芹确实是曹寅的孙子,而且他撰写了《红楼梦》这部巨著。

《红楼梦》里有政治,有政治倾向,甚至有"赖藩郡余祯"那样的政治暗语,还通过林黛玉这个角色,骂皇帝是"臭男人"。但是我也一再地告诉大家,曹雪芹写这部书,最终的目的是要超越政治,达到更高的精神境界。妙玉这个形象的塑造，充分体现出曹雪芹的思想超越了一般的政治情绪。比起权力的归属，他还有更重要的人生关怀，那就是不管在怎样的情势下，都要保持个体生命的尊严，要自主决定自己的感情、生活方式与生命归宿。但是更能体现曹雪芹对政治的超越，体现他那超前的，甚至可以说具有永恒性的、对全人类都普遍适用的人文情怀的艺术形象，还是贾宝玉。

曹雪芹真是呕心沥血地塑造贾宝玉这个艺术形象，给他设计了一种来自天界的身份。

《红楼梦》第一回，开头就写到女娲炼出了三万五千六百零一块石头，三万五千六百块都拿去补天了，单留下一块没用，这块石头便被弃置在大荒山无稽崖青埂峰下。它因为自己无材补天，自怨自叹，日夜悲号惭愧。后来来了一僧一道，在他面前谈起人间的情况，它就乞求他们把它携入红尘，去经历一番人间的悲欢离合、生死歌哭。于是那仙僧就大施魔法，让它可大可小，最后变成扇坠般大小，还给镌上了字，让它下凡到昌明隆盛之邦、诗礼簪缨之族、花柳繁华地、温柔富贵乡了。那么，这块下凡的石头,是不是就是书里的贾宝玉呢?

第五回的《终身误》曲,头一句就以贾宝玉的口吻说:"都道是金玉良姻,俺只念木石前盟。""木石前盟"不就是贾宝玉跟林黛玉自由恋爱并发愿要结为夫妇的誓言吗?第三十六回,贾宝玉午睡,薛宝钗就坐在他的卧榻边绣鸳鸯,他忽然梦中喊骂:"和尚道士的话如何信得?什么是金玉姻缘,我偏说是木石姻缘!"贾宝玉自比为"石",那不就说明,他是那块女娲补天剩余石,下凡到了人间吗?

我们必须明确,那块下凡的石头不是贾宝玉。贾宝玉在天界是谁,书里可是有明确交代的,也是在第一回。第一回写到甄士隐做梦,梦见一僧一道,说要去找警幻仙姑,把一些有待下凡的"风流冤家"交给她具体安排,并且说要把一件"蠢物"夹带其中,让它一起下凡经历经历。后来甄士隐上前搭话,还请求把那"蠢物"拿给他看看,一僧一道也就让他看了,但并没有暗示那"蠢物"就是以后的贾宝玉。反倒是在看"蠢物"之前,甄士隐听仙僧讲了一个天界故事：在西方灵河岸三生石畔有一座赤瑕宫，里面有个神瑛侍者，他也要下凡去；因为他每天用雨露浇灌一株绛珠仙草，那仙草修成女身，也要下凡；到了人间，那女子就要以一生的眼泪报答这位神瑛侍者的灌溉之恩。这才是贾宝玉和林黛玉的天界身份。

那么大荒山无稽崖青埂峰下的那块女娲补天剩余石到人间后究竟化为了什么呢？贾宝玉既然是天界赤瑕宫的神瑛侍者下凡，"赤瑕""神瑛"指的都是玉，他在凡间的名字本身也说明他如宝似玉，他怎么又自称是石，笃信"木石前盟""木石姻缘"呢？甄士隐在梦里和第八回薛宝钗在梨香院看到的那块通灵宝玉，应该是女娲补天剩余石变化成的吧？作为"侍者"的贾宝玉，他所侍奉的"神瑛"又是什么名堂呢？

通行本的《红楼梦》可能为了省事，修改简化了古本《石头记》的有关文字，把女娲补天剩余石跟通灵宝玉、神瑛侍者全画了等号，好像它们三位一体，到头来都是贾宝玉。这样一来，一些古本里用女娲补天剩余石的口吻写下的叙述文字，当然也就被通通删掉了。比如古本里写元妃省亲，有段文字就是用石头的口吻写的，说只见园中说不尽的太平气象、富贵风流，此时回想当初在大荒山青埂峰下，那等凄凉寂寞，若不亏癞僧、跛道二人携来到此，又安能得见这般世面……还说本欲作《灯月赋》《省亲颂》，以志今日之事，但又恐入了别书的俗套什么的。有朋友说，他读到古本里这样一些文字，一度认为曹雪芹是把贾元春设计成了女娲补天剩下的那块石头，因为想写《灯月赋》《省亲颂》的应该是贾元春啊。

我觉得，这些概念之间的关系，仔细阅读古本《石头记》，是完全可以捋清楚的。

大荒山无稽崖青埂峰下的那块女娲补天剩余石，缩成扇坠般大小，镌上了字，本是没有修成人身的一件东西，所以仙僧称它为"蠢物"。它是无法单独下凡到人间的，只能在警幻仙姑将一干"风流冤家"布散人间，安排投胎入世的时候，顺便夹带其中，因此它其实就是贾宝玉落生时嘴里衔的那块通灵宝玉。所以说，贾宝玉是贾宝玉，通灵宝玉是通灵宝玉，只不过他们同时来到人间，而且贾宝玉后来天天戴着它，他们之间有一种神秘的关系，贾宝玉一旦丢失了它，生理上、精神上就会出现严重危机，曹雪芹是这样设计的。

按曹雪芹的构思，青埂峰下的石头被夹带着下凡，后来被贾宝玉时时戴在脖子上，成了一个见证者。它有灵性，在王熙凤和贾宝玉双双被赵姨娘暗算——通过马道婆把他们魇了——几乎死去的时候，仙僧到来，把它拿在手中持诵，结果像它上面镌刻的文字所宣称的那样，除邪祟，疗冤疾，叔嫂二人康复如初。由于它有灵性，因此贾宝玉戴着它到什么地方，它也就见闻到了什么地方；即便是贾宝玉没戴它到过的地方，它也能全知全晓。作为人间悲欢离合的见证者，它最后回到了青埂峰下，空空道人发现了它，那时候它已经恢复了巨石的形态，并且上面写满了字，就是《石头记》，经由空空道人抄录下来，传布人间。

因为书里空空道人称呼那块女娲补天剩余石

"石兄",二者讨论了石头上的文字,因此有论者认为,《石头记》,也就是《红楼梦》的作者应该是"石兄",这个"石兄"在现实生活里真实地存在着。那么曹雪芹是什么人呢?他于悼红轩中披阅十载,增删五次,纂成目录,分出章回,虽然做了这么多工作,但他只是一个编辑,整理编辑了"石兄"的原始文稿。也有人只承认《红楼梦》里的诗词歌赋是曹雪芹的手笔,是他填入别人的文稿里的。更有人说曹雪芹是"抄写勤"的谐音,此人的工作主要是抄写别人已经写出的文稿。其实,《石头记》也就是《红楼梦》的作者究竟是谁,红学界一直存在歧见,除了认为原作者是"石兄"的,还有认为是曹𫖯,或者曹寅另外的侄子的,更有人仅仅因为第一回正文和批语里先后连续出现过"吴玉峰""孔梅溪""棠村"的名字,就认为作者是吴梅村(因为三个名字里各有这个人姓名的一个字)……我觉得,《红楼梦》的作者究竟是谁,以上这些观点,以及另外提出的见解,都应该允许存在,都可以作为读者的一种参考。但是,经过红学界多年的研究讨论，《红楼梦》是曹雪芹的独创作品，这个论断是被绝大多数人肯定、认同的。我个人也坚信《红楼梦》的作者是曹雪芹；提出作者是其他人的论者，完全是猜测与推想。比如作者是吴梅村的猜测。吴梅村是明末清初的一位文人，死于康熙十一年（1672），他生活的年代、他个人的经历以及他印行的诗文，跟《红楼梦》并不对榫，因此《红楼梦》不可能是他写的。

曹雪芹拥有《红楼梦》的独家著作权，不少文献都可以证明。比如富察明义写了二十首《题红楼梦》组诗，他在前面小序里就直截了当地说：曹子雪芹，出所撰《红楼梦》一部，备记风月繁华之胜。"撰"就是著述的意思，没有编辑整理的意思。富察明义生于乾隆初年，曹雪芹在他二十七八岁的时候才去世，他们是同时代人。尽管曹雪芹在世时他们不认识，但富察明义得到的信息应该是准确的。曹雪芹去世五六年后，另一位贵族，永忠——他就是康熙的十四阿哥胤禵（"赖藩郡余祯"的那个"祯"就是他名字里的一个字，雍正当皇帝以后把他名字的两个字全改了,"胤"字改为"允",祯字改成很怪的一个字"禵")的孙子——从一个叫墨香的人那里,得到了一部《红楼梦》,读完后非常激动,一口气写了三首诗,第一首是这么写的:"传神文笔足千秋,不是情人不泪流。可恨同时不相识,几回掩卷哭曹侯!"第二首里又赞:"三寸柔毫能写尽,欲呼才鬼一中之。"他是曹雪芹的同代人,知道《红楼梦》是曹雪芹写的,如果他认为曹雪芹只是一个编辑者、抄写者,他会这么写诗,称曹雪芹为"曹侯",赞扬他的文笔吗?

其实关于出现在楔子(这部分文字在甲戌本《红楼梦》里才有)里的"石兄",不可能是《石头记》的作者,而且曹雪芹也不可能只是披阅增删的编辑者,脂砚斋在批语里有非常明确的申述:"若云雪芹披阅增删,然(则)开卷至此这一篇楔子又系谁撰?足见作者之笔狡猾之甚。后文如此处者不少,这正是作者用画家烟云模糊处,观者万不可被作者瞒(蔽)了去,方是巨眼。"(括号里的字是原抄形误,经红学专家校正的,为避免琐碎,以后不再加这样的说明。)

我说《红楼梦》具有自叙性、自传性,但是它的文本并不是用一个人讲述自己经历的口吻来写的。我们现在写白话文,讲究叙述人称,一般用第一人称和第三人称,用第二人称的比较少,也有两种或三种人称混用的。曹雪芹写《红楼梦》的时候,还没有关于叙述人称的这些文学理论,但他的叙述文本却非常高妙。他设定一块天界的石头,说它到人间经历一番后又回到天界,回去后石头上出现了洋洋大文,这样一来,既避免了一般以"我"的口吻讲述的主观局限性,又避免了一般以"他"的口吻讲述的客观局限性,使得整个文本呈现出梦境般的诗意。

那么,既然贾宝玉并非石头下凡,怎么又自称跟林黛玉的缘分是"木石前盟"呢?贾宝玉在天界——跟大荒山无稽崖青埂峰不同的一处空间,西方灵河岸三生石畔——住在赤瑕宫。赤瑕,就是有红色疵斑的玉石。脂砚斋批注指出,这是病玉。贾宝玉在天上就不是什么无瑕美玉,曹雪芹这样设计，是有深刻意蕴的，跟后来贾雨村说贾宝玉也属于正邪二气搏击掀发后形成的那种秉性是相通的。贾宝玉在天界是神瑛侍者——瑛，不是无瑕美玉的意思，是"似玉的美石"，本质是石头，只不过像玉罢了。所以，虽然家长们认为贾宝玉如宝似玉，他自己却知道自己更接近石头，就算是玉也是块病玉，所以他把自己跟绛珠仙草的姻缘说成"木石姻缘"，这是非常合理的。

我进行的是原型研究，前面已经指出过，我认为贾宝玉的原型就是曹雪芹本人，所以我认为《红楼梦》具有自叙性、自传性、家族史的特点。但说书里的艺术形象有原型，并不是说二者就画了等号，也不是说作为艺术形象的原型一定是一对一的，比如北静王的原型就是生活里的祖孙两辈，是两个人，曹雪芹经过综合想象，把他们合并为了一个青年郡王的飘逸形象。

曹雪芹究竟生于哪一年？红学界有很多种说法，我个人服膺周汝昌先生的考证。他指出，《红楼梦》文本里写贾宝玉生日，没有明点是几月几日，但第二十七回写四月二十六交芒种节，大观园女儿们饯花神，探春还特别跟宝玉讲到为他做鞋的事，那其实就是为哥哥准备的生日礼物；紧接着又写冯紫英请宝玉赴宴，跟去的小厮里忽然出现双瑞、双寿，这两个名字之前之后都再没出现；又写清虚观张道士在四月二十六为遮天大王的圣诞做法事，宝玉本是应该去的；还在宝玉住进大观园后，点出外面人们都知道荣国府里这位十二三岁的公子诗写得好，书法也不错；又写在宝玉和凤姐被魇得生命垂危时，仙僧忽然出现，拿着通灵宝玉持诵，对那通灵宝玉说：青埂峰一别，展眼已过十三载矣！通灵宝玉并不是贾宝玉，但那"蠢物"却是被贾宝玉衔在嘴里，跟他一起来到人间的，可见书里所写的那一年，贾宝玉十三岁。雍正三年，即公元1725年，这一年四月二十六曹雪芹过第一次生日，恰是芒种。从他出生算起，到书里所写的乾隆元年——我们之前已经详细论证了上面那些情节的真实历史背景是乾隆元年——恰是十三年，生活真实与艺术描写是对榫的。

那曹雪芹为什么不在书里明说贾宝玉的生日呢？他写别的很多人物的生日，都很明确地写出日期，比如贾元春是正月初一，薛宝钗是正月二十一，林黛玉是二月十二，探春是三月初三，巧姐是七月七，贾母是八月初三，王熙凤是九月初二，等等。既然笔下都写出四月二十六了，怎么就不肯明说那天就是宝玉的生日呢？我认为，第一，曹雪芹以自己为原型来塑造贾宝玉这个形象，但他的生日是在一个闰月里，闰月不是每年都有的，如实交代很麻烦，他又不愿意另外虚构一个日子，于是这样含蓄地写，也很有味道。第二，这是最主要的原因，曹雪芹把贾宝玉从外貌到精神都理想化了，已经很难说是他自己的自画像；他固然是原型，但贾宝玉这个艺术形象也吸收了现实生活中一些他熟悉的人物的因素，他笔下的贾宝玉已经成为一个谁也无法取代的独立的生命，这也正是他艺术上的绝大成功。

裕瑞大约出生在曹雪芹去世八年后，他的长辈跟曹雪芹同时代，有的是认识曹雪芹，与之有过交往的。他在《枣窗闲笔》里有这样的记载:"闻前辈姻戚有与之交好者。其人身胖头广而色黑。善谈吐,风雅游戏,触景生春。闻其奇谈娓娓然,令人终日不倦,是以其书绝妙尽致。……又闻其尝作戏语云:'若有人欲快睹我书,不难,惟日以南酒烧鸭享我,我即为之作书'云。"这记载应该是可靠的。

有的红迷朋友见我引出这么一条资料,对其中所说的关于曹雪芹的性格、才能、生活与创作状况的说法,可能会全盘接受,但是对其中有关曹雪芹外貌的描述——虽然裕瑞是根据与曹雪芹交往过的前辈姻戚对其外貌的形容所写的——可能就难以接受。怎么会是这样的?跟书里贾宝玉的形象简直完全相反啊!

我却觉得,事实可能恰恰就是这样的。曹雪芹著书时,本人就是"身胖头广而色黑"。他撰《石头记》,对与之交往的一些朋友并不保密。他的好友敦诚寄怀他的诗里有"残杯冷炙有德色,不如著书黄叶村"的句子;他去世后另一好友张宜泉伤悼他的诗里也有"北风图冷魂难返,白雪歌残梦正长"的说法，可见他们都知道曹雪芹是在村居写书，而写的就是《红楼梦》；八十回后虽然也写了，但还来不及统理全稿，后面的就遗失了，本应是一个长梦，却残了。

从生活的真实到艺术的创造，作者有非常宏阔的想象空间。曹雪芹少年时代可能不胖，头也不显得过大，皮肤也不是黝黑的，但也未必有书里贾宝玉的那种容貌风度。第三回里通过写林黛玉初见贾宝玉，形容他是面若中秋之月，色如春晓之花，鬓若刀裁，眉如墨画，面如桃瓣，目若秋波；第二十三回写贾政一举目，看见宝玉神采飘逸，秀色夺人，再看贾环呢，人物委琐，举止荒疏；特别有意思的是，曹雪芹还让赵姨娘说贾宝玉长得得人意儿，贾母、王夫人等偏疼他些也还罢了，连赵姨娘也承认他形象好；到了第七十八回，那时候已经抄检过大观园，晴雯已经夭亡了，宝玉身心都遭受了重大打击，但是曹雪芹还是写了那么一笔——秋纹拉了麝月一把，指着宝玉赞美，说那血点般大红裤子，配着松花色袄儿、石青靴子，越显出这靛青的头、雪白的脸来了。曹雪芹就是这样描写贾宝玉的外貌风度的，这应该是对原型生命的二度创造，结果塑造出了一个独特的艺术形象，比现实生活中的那个存在更真实，更鲜明，更富诗意，具有了不朽的生命力。

正像我一再强调的，曹雪芹写《红楼梦》，并不是要写一部政治书。他有政治倾向，他把大的政治格局作为全书的背景，但他写作的终极目的，是要超越政治，写出更高层次的东西，表达出比政见更具永恒性的思想。他塑造贾宝玉这样一个形象，就是奔这个更高的层次去的。

书里面的贾宝玉，跟那些"双悬日月照乾坤"的政治，也就是最高权力之争，是有纠葛的。他跟冯紫英这些政治性很强的人物过从甚密，甚至由于跟蒋玉菡交好，还被卷入了忠顺王和北静王之间的纠纷，因此被父亲贾政打了个皮开肉绽，而且之后也并没有悔改。他也经常表达一些政治性的观点——凡读书上进的人，他就给人家起个名字叫"禄蠹"；又毁僧谤道——在那个时代，皇权是和神权结合在一起的,僧道都是皇帝所笃信的,雍正在这方面尤甚;贾宝玉还有过对"文死谏,武死战"的讥讽;他对当时政治的理论基础孔孟之道大放厥词,说除"明明德"外无书;与对现实政治的厌恶相应的,他懒与士大夫诸男人接谈,又最厌峨冠礼服贺吊往还等事;甚至仅仅因为薛宝钗劝了他两句读书上进的话,他就愤愤地说:"好好的一个清净洁白女儿,也学的沽名钓誉,入了国贼禄鬼之流!"……这些,大家都是熟悉的。过去红学界分析贾宝玉,必定要提到这些,而且会据之得出他具有反封建的进步思想的结论,说他是那个时代里的新人形象,有的还更具体地论证出,贾宝玉是当时新兴市民阶层的典型形象。

从贾宝玉这个艺术形象里提炼出上述因素,加上他跟林黛玉如痴如醉地偷读《西厢记》,大胆相爱,愿结连理,向往婚姻自主,由此做出他具有反封建、争取个性解放的思想的正面评价,我是赞同的。但是,我觉得这样理解贾宝玉,还是比较皮毛的。其实,曹雪芹塑造这个人物,并不是着重去表现他对不好的政治的反对，以及他身上如何具有好的政治思想的苗头。我个人的理解，曹雪芹想通过贾宝玉表现的，是对政治功利的超越。

曹雪芹的创作心理中是有政治因素的，写这样一部具有自叙性、自传性、家族史性质的小说，必然无法绕开其家族在康、雍、乾三朝经历的政治风暴，无法绕开政治风暴中家族的浮沉毁灭，他无法不写秦可卿、贾元春那样的与政治直接挂钩的人物，特别是秦可卿，这个角色的所谓神秘之处，就是政治的隐秘、狰狞被掩盖上一层美丽的纱绫。但是曹雪芹有一个自我控制，这一点从古本《石头记》里可以找到蛛丝马迹。他曾经想把关于秦可卿的故事写得更多。"家住江南姓本秦"，究竟他原来设计的是哪条江的南边，现在难以断定，也许是北京昌平潮白河的南边。当年潮白河水量充足，河面宽阔，河、江概念相通，而为胤礽修造，后来弘晳入住的王府，就在潮白河南。

我们之前说到，在第十七、十八回里，有个仆人向王夫人汇报妙玉的情况，有朋友问，你为什么不说那仆人是谁呢？不就是荣国府大管家林之孝吗？我是故意不说林之孝这个名字的，因为讲妙玉的时候不能伸出这个枝杈来。现在，终于到了枝杈必须伸出来的时候了。在几个主要版本的古本《石头记》里，第十七、十八回向王夫人汇报情况的那个仆人并不是林之孝，而是秦之孝。

几个古本的文字完全一样，显然不是抄写者抄错了，而是曹雪芹最初就是那么设计的——荣国府的大管家跟秦可卿一个姓。一般来说，跟女主人汇报，应该由女管家出面，也就是秦之孝家的，而不是秦之孝，除非这个姓秦的仆人身份十分特殊，而要汇报的事情又实在机密。几个古本写得完全一样，就是秦之孝，而不是秦之孝家的。这部书在流传过程中，由于后面写到荣国府的管家时，写的都是林之孝夫妇，他们还有一个女儿林红玉，也就是小红，因此，后来的抄写印行者就把前面的秦之孝先改成了林之孝，又改成了林之孝家的，这样就前后一致了，由女仆向女主人汇报，也顺理成章了。

我认为，曹雪芹最早写第十七、十八回（两回还没有分开）的时候，根据生活原型构思人物和情节时，还想糅进更多的政治内容。那个时代，贵族家庭的仆人是主人的私有财产，可以由主人随意支配，比如赠予亲朋好友什么的。曹寅在世时，与两立两废的太子胤礽关系非常密切，双方礼尚往来，互赠仆人是完全可能的。到了小说里，曹雪芹把来自胤礽家的女儿设计为姓秦，也让她养父姓秦，很可能，他还设计了几个属于同一系统的角色，全设计成秦姓。那么，这个秦之孝的原型，在现实生活中可能就是从胤礽家来的，到了小说里，他就跟秦可卿同姓。我推测，秦之孝夫妇这对仆人也是有生活原型的，本来曹雪芹想通过这样的角色糅进更多的政治内容，但后来他觉得不能让小说文本那么奔泻下去，他要超越政治，写更高层面的东西。于是，后来他就不让秦之孝夫妇这样的角色承担那样的使命，把秦之孝的名字改成了林之孝，这样这个角色就和"家住江南姓本秦"的那条政治线索彻底地脱了钩。

尽管如此，小说里关于林之孝夫妇的文字还是留下了一些曹雪芹早期构思的痕迹。他本来打算把他们写成秦姓的一支,把他们和秦可卿勾连起来。也许在现实生活中,这对来自胤礽家的仆人,在胤礽被彻底废掉后,在曹家十分低调。这种情形被写进小说里,于是王熙凤说他们一个天聋,一个地哑。而且,林之孝家的应该已经是个中年妇女了,却拜年轻的主子王熙凤为干妈,想必那人物的原型也是采取这样的办法,尽量转移他人视线,隐去自己那"不洁"的来历。小说里林之孝夫妇身为荣国府的大管家,却并不仗势把自己女儿小红安排为一、二等丫鬟,小红在故事开始时,只是怡红院里一个管浇花、喂雀、给茶炉子拢火的杂使丫鬟。第二十六回,写小丫鬟佳蕙去找小红,小红却说出了两句惊心动魄的话:"千里搭长棚,没有个不散的筵席,谁守谁一辈子呢?不过三年五载,各人干各人的去了,那时谁还管谁呢?"我一度不太理解,这话怎么让小红来说呢?她哪来的超过贾府诸人的见识呢?竟大有秦可卿的口气。后来我琢磨出来,如果林之孝这个人物曹雪芹原来是写作秦之孝的,那么他的原型就可能跟秦可卿的原型一样,来自同一个大背景。那么,他的女儿在家里听父母私语,听他们感叹原来的主子好景不长,特别是太子一废和二废之间也就是三五年的事儿,听得多了,自然也就比其他的丫鬟们能够看破。她不寄希望于在府里长期发展,攀个高枝也只为学些眉眼高低,出入上下,大小的事情也得见识见识;自己发现府外的廊下芸二爷还不错,就换帕定情,早为出府嫁人之计。顺着这样的思路琢磨下去,又想到第六十一回,大观园里的丫鬟们为了争夺内厨房的控制权,一时扳倒了柳家的,于是林之孝家的赶紧安排了秦显家的去取代柳家的——曹雪芹原来是想在书里设计出上、中、下几种秦姓的人物,由秦之孝提拔本来在园里南角子上夜的秦显家的,太自然不过,本是同根生嘛。但曹雪芹最后放弃了将秦可卿带来的政治投影扩大化的计划,把秦之孝改成了林之孝,尽管留下了这些蛛丝马迹,但林之孝夫妇在小说里终于成了跟政治无关的角色。他一定为自己的这个改动得意,因为写到"慧紫鹃情辞试忙玉"

时，写林之孝家的来看望贾宝玉，宝玉一听立刻急了，认为是林黛玉家派人来接她了，叫把林家的人打出去，贾母也就命令打出去——把"秦"改为"林"，还可以派上这样的用场，当然还是改了好。

曹雪芹在从生活原型到艺术形象的创造中，不断调整总体设计与局部设计，而且因为他虽然大体写完，却来不及统稿，因此，我们现在看到的文本中，出现了一些明显的笔误和矛盾之处。比如第四十八回写林黛玉教香菱写诗，跟香菱讲作诗的ABC，说，什么难事，也值得去学，不过是起承转合，当中承转是两副对子，平声对仄声，虚的对实的，实的对虚的……曹雪芹笔下的林黛玉说错了，这是不应该的，也是曹雪芹不该写错的。中国古诗词，对对子，应该是虚的对虚的，实的对实的，说成虚对实实对虚是一个低级错误。有趣的是所有古本这个地方全这么错着，高鹗、程伟元也没改，一直到现在的通行本，也没人去改，就那么印。我想，这是因为没什么人会因为曹雪芹这么一个笔误就去讥笑他，就去否定整本书，或者否定林黛玉这个形象。这种不改动，并不影响我们对《红楼梦》的阅读。

但是，书里的有些交代前后矛盾，让读者纳闷，还是应该深究一下的。比如第二回"冷子兴演说荣国府"，说贾赦有两个儿子，长子叫贾琏。后来书里也写到贾赦另一个儿子贾琮，黑眉乌嘴的，年龄似乎比贾环还小。但奇怪的是，书里人们都称贾琏二爷，他的妻子王熙凤也就连带被称为二奶奶，这是怎么回事呢？有人说，这是按宁、荣二府的大排行叫的，贾珍是大爷，所以比他略小的贾琏是二爷。但是既然讲究大排行，那贾宝玉就应该跟着往下排，他应该被叫作三爷，贾环是四爷才对。可是，书里宝玉也被叫作二爷，贾环则被称为老三。况且，如果是大排行，应该把贾珠也排进去，那宝玉应该是四爷，贾环则是五爷了。显然，贾政的儿子是单排的，大爷是贾珠，所以二爷、三爷是贾宝玉、贾环。我认为，这是因为在现实生活里，贾琏的原型是有个哥哥的，只是曹雪芹想来想去，觉得把这个人写进来没多大意思，也太枝蔓，因此就把他省略掉了。但是,现实生活中,王熙凤的原型,这个二奶奶实在太鲜活生猛了,白描出来就是个脂粉英雄,而且二奶奶这个符码称谓,像嵌入了这个人物的身体一样,若改口去叙述她的故事,倒别扭了。因此,曹雪芹就保留了二奶奶这个家族中的称呼,也就连带保留了贾琏原型二爷的称呼,最后便形成了现在这么一个文本。

其实,曹雪芹可能一度也想交代出贾赦有个比贾珍、贾琏年龄都大的儿子,甚至都设计好了一个名字。第五十三回写贾氏祭宗祠,有一个古本,就是现在藏在俄罗斯圣彼得堡的那个古本《石头记》,其中写祭祀场面,有一句是"当时凡从文字傍之名者,贾敬为首;下则从玉傍者,贾玫为首"。"贾玫"两个字清清楚楚,应该是曹雪芹一度根据真实生活设计出的名字,以完满贾琏是各房单排的二爷的身份,但他并不想再去写这个老大的故事,所以谐音为"假设没有"的意思。

尽管我们现在看到的《红楼梦》有这么一些没有剔除尽打磨完的毛刺,但曹雪芹对贾宝玉这个艺术形象的刻画，仅就八十回而言，已经非常完整丰满、光彩照人了。

我们可以算一算，在书里，贾宝玉自己和别人给他取了一些什么名号。王夫人初见林黛玉，告诉她说，我有一个孽根祸胎、混世魔王。这两个称谓虽然没有流布开，却也着实说明，以那个时代、那个社会、那种制度的正统价值标准来衡量，贾宝玉确实具有叛逆性、颠覆性、危险性。再说清虚观的事儿，四月二十六，张道士为遮天大王的圣诞做法事。遮天大王，这是个什么样的符码？和尚打伞，无法无天。四月二十六，其实也就是曹雪芹和书里贾宝玉的生日。大观园里，探春发起诗社，大家都要取别号，薛宝钗对宝玉说，你的号早有了，"无事忙"三字恰当得很。后来又说，天下难得的是富贵，又难得的是闲散，这两样再不能兼有了，就叫你"富贵闲人"也罢了。"无事忙"和"富贵闲人"的符码说明了宝玉的另外一面，就是他并不一定是要去颠覆现在的政治，他是要超越现实政治，去忙他自己选定的事情，他有另样的追求。什么追求?他小的时候就给自己取过一个别号:绛洞花王。他还把自己的住处题为"绛芸轩"。他认为自己是红色洞天里的一位护花王子,他觉得他的生存意义,就是要去体贴青春女儿们花朵般的生命,保护她们不被污染,不被摧残。

根据我的理解,第一回里的女娲补天剩余石,下凡后是通灵宝玉,并不是贾宝玉;贾宝玉是神瑛侍者下凡。通灵宝玉后来回到了青埂峰,恢复了巨石的形态,上面写满了字,那些文字里有这样一些脍炙人口的句子:"忽念及当日所有之女子,一一细考较去,觉其行止见识,皆出于我之上,何我堂堂须眉,诚不若彼裙钗哉?……然闺阁中本自历历有人,万不可因我之不肖,自护己短,一并使其泯灭。"其实这都是作者曹雪芹的话语,既不必胶柱鼓瑟地非说是"石兄"写的,更不能说是贾宝玉的独白,这是曹雪芹高妙的艺术想象。正如第一回里写到石头口吐人言时,脂砚斋批语说的:"竟有人问口生于何处,其无心肝?可笑可恨之极!"

贾宝玉的人格(上)

我们已经点明,曹雪芹塑造贾宝玉这个艺术形象,是大体以自身为原型的,那他当然不能抹去他的家族及他自身与那个朝代的政治相关的刻骨铭心的记忆,那些生命感受。他在写《红楼梦》时,把这些生命感受熔铸了进去。但是,他的了不起之处,就是他在并不否定自己的政治倾向、政治情绪的前提下,意识到了人类精神活动有高于政治关怀的更高境界,那就是生命关怀。他笔下的贾宝玉有着特殊的人格,而正是在对贾宝玉人格的刻画中,曹雪芹把我们引入了一个比政治更高的层次,一个更具有永恒性的心灵宇宙。

要进入贾宝玉的精神世界,了解他的人格构成,我们必须弄清楚两个概念,一个是仙人提出来的,一个是凡人论证的。

先说那个凡人。他就是贾雨村。贾雨村这个人物有点奇怪,在小说一开始,他就和甄士隐一起出现。他们两个的名字,谐音分别是"真的事情隐去了"和"用假语村言来保存",是这样的一组对应的意思。"假语"好懂,"村言"是什么意思呢?就是村野之谈,在野者的话语,跟主流话语不一样的讲述。读过《红楼梦》的人,对甄士隐的印象都比较好,对贾雨村就难有什么好印象了。"葫芦僧乱判葫芦案"时他已经昧了良心,后来他为了讨好贾赦,更主动制造冤案,把民间收藏家石呆子所藏的古扇抄来献给贾赦。连浪荡公子贾琏都觉得他这样做太缺德,并因为跟贾赦说出了这类的意思,还遭到贾赦毒打,以致平儿骂贾雨村是"半路途中那里来的饿不死的野杂种"。贾雨村这个角色在曹雪芹的八十回后应该还有戏,高鹗写他在贾家失势时不但不施以援手，还在背后落井下石，应该是大体符合曹雪芹的构思的。在第一回甄士隐念出的《好了歌注》"因嫌纱帽小，致使锁枷扛"一句旁，脂砚斋有个批注，说这句指的是"贾赦、雨村一干人"，说明贾雨村这个政治投机分子最后也没落个好下场。

曹雪芹设计贾雨村这个人物，以他"风尘怀闺秀"开篇，又把他设计成林黛玉的开蒙老师，就算要塑造一个性格复杂的人物，又何必越往后越把他写得那么坏，那么不堪呢？无论如何，第二回，曹雪芹却是通过他和冷子兴在乡村野店的一番谈话论证了一个很重要的概念。这个概念不仅诠释了贾宝玉的人格，也是我们理解书中诸多人物，包括妙玉、秦钟、柳湘莲、蒋玉菡等的钥匙。就连书外的一些存在，比如胤礽，也都可以在这个概念下获得应有的理解。

贾雨村在第二回里那一番关于天地正邪二气搏击掀发赋予一些特殊人物，使他们成为异样存在的论说，我小的时候总也读不下去，看到那里一定会跳过去，觉得既深奥又沉闷，简直不理解作者写那么多"废话"干什么。但现在我懂了，那段文字很重要，与其说是贾雨村想说那段话，不如说是曹雪芹想宣泄自己积郁已久的观点心音。

贾雨村在乡村酒店告诉冷子兴，其实也就是曹雪芹想告诉读者，不要把喜欢在女儿群里厮混的贾宝玉错判为淫魔色鬼。他指出，清明灵秀，是天地之正气；残忍乖僻，是天地之邪气。世上有的人一身正气，有的则一身邪气，但是还有另一种人，是正邪二气搏击掀发后，注入其灵魂，结果就一身秉正邪二气。这种秉正邪二气而生的人，在上则不能成仁人君子，下亦不能成大凶大恶；置于万万人之中，其聪俊灵秀之气，则在万万人之上，其乖僻邪谬不近人情之态，又在万万人之下；若生于公侯富贵之家，则为情痴情种；若生于诗书清贫之族，则为逸士高人；纵再偶生于薄祚寒门，断不能为走卒健仆，甘遭人驱制驾驭，必为奇优名倡。贾雨村还列举出一个长长的名单，绝大多数是历史人物，来作为这番话的例证。这份名单的人数有人统计过，但数目难以确定,因为其中一个例子是"王谢二族",这是东晋的两个家族,王导是一家,谢安是一家,王家最有名的是书法家王羲之,谢家我想出一位女诗人谢道韫,但这两家里一共有几位是秉正邪二气的呢?算不清。

我们不细说贾雨村举出的例子。我读他列的名单,最惊讶的是里面有几位皇帝:陈后主、唐明皇、宋徽宗。这些皇帝在政治上全是失败的。

陈后主,陈叔宝,南陈的最后一个皇帝,一个亡国之君,一个非常荒唐——所谓"又向荒唐演大荒"——的皇帝。说他荒淫无度,绝不冤枉他。他喜欢歌舞,整天听歌观舞,饮酒作乐。这本来没什么好说的,这样的家伙,应该是个彻头彻尾的反面角色吧,但是曹雪芹却通过贾雨村的话,也把他列为秉正邪二气的异人。也就是说,此人政治上只有负面价值,但在其他方面却有可取之处。他爱歌舞,并不止于欣赏,而且参与创作,甚至可以说是热衷创作。我们都熟悉唐朝杜牧的两句诗:"商女不知亡国恨,隔江犹唱后庭花。"诗里所说的那首

《玉树后庭花》,就是陈后主自己作词,并参与编曲、演唱的,并且配以舞蹈。他简直就是一个醉心歌舞的总策划、总导演。他亡了国,却创造出了精美的艺术作品,曹雪芹通过贾雨村肯定了他这方面的价值,认为他算是一个情痴情种。

陈后主的《玉树后庭花》失传了,唐明皇编导的《霓裳羽衣》大型歌舞,现在还有人努力地复原。唐明皇给人印象最深的不是他在政治上的作为,而是他跟杨贵妃的爱情故事。这也成了后来文学艺术的一大资源——洪昇创作的传奇《长生殿》,一直演到今天,还有无数的诗歌、小说、戏剧、舞蹈、绘画、雕塑……现在又有了电影、电视连续剧,相信以后还会有更多的文学艺术作品。而且这个故事还渗透进了普通中国人的生活。现在人们到西安旅游都会去华清池,传说那是唐明皇和杨贵妃洗浴的地方。这个皇帝在政治上一塌糊涂,但是他却是一个情痴情种,留下了比政绩更吸引人、更流传久远、更普及的另一种价值,想想也真令人惊异。

宋徽宗是个更著名的亡国之君，但他的艺术才能、艺术成就，陈后主和唐明皇都没法比。他是中华民族历史上最杰出的书法家之一，创造了独特的书体"瘦金体"，流传至今；他的工笔花鸟画已臻化境，甚至跟世界上任何顶级画家的画作相比也毫不逊色。《红楼梦》里写鸳鸯抗婚，她嫂子跑到大观园里，想说服鸳鸯当贾赦的小老婆，招呼鸳鸯说有好话要说，鸳鸯就大骂她嫂子，用了一个歇后语："宋徽宗的鹰，赵子昂的马——都是好画（话）儿！"你看，宋徽宗的鹰画得多好，都成民间歇后语里的话头了。这样的人真奇怪，不好好当皇帝，不在政治上下功夫，却全身心扑向了艺术。曹雪芹竟也通过贾雨村之口，指出他也是个情痴情种，这种人身秉正邪二气，关心的不是权力，却是审美。

对于贾雨村的论证，我一开始真有点难以接受，特别是他对这三位皇帝的一定程度上的肯定，这算什么样的价值观啊？但是我们读《红楼梦》，不是要从中发现可以直接应用于现实生活的思想观点、行为模式,《红楼梦》的主要价值是审美方面的。当然,这也不等于说,《红楼梦》对于我们今天的人没有思想上的启迪,没有可资借鉴的地方。

三个政治上糟糕的皇帝,只是曹雪芹借贾雨村之口举出的秉正邪二气之异人的个例,而且是极端的例子,我们没有必要钻牛角尖。曹雪芹主要是想通过贾雨村的论证来说明贾宝玉,指出贾宝玉的人格价值所在。因为按封建正统的标准,贾宝玉完全是个反面形象。第三回里就有直接概括贾宝玉"反面价值"的两阕《西江月》。当然,那些词句表面上是在否定,其实却是赞扬。贾宝玉在封建正统之外的方面自有其正面价值,其中最突出的一点,就是他对社会边缘人的喜爱与关怀。

一些论者分析贾宝玉,强调的只是两点:一是他和林黛玉在共同的思想基础上自由恋爱,争取婚姻自主;一是他痛恨仕途经济,反孔孟之道,因此给了他一个反封建的总概括。恋爱自由,婚姻自主,这是贾宝玉追求的,对此我没有异议。但是笼统地说贾宝玉反封建,我就不能苟同了。我读《红楼梦》的心得是，贾宝玉厌恶、对抗的只是那个社会的政治。他最怕逼他读书，让他准备科举考试，去为官做宰，去官场揖让，去成为一个"国贼""禄蠹"。但是，对非政治的封建社会的价值观，比如伦理方面的观念，他不但不厌恶、不反抗，反倒身体力行，甚至乐在其中。

比如他对母亲王夫人。第二十五回写道，他从外面回来，进门见了王夫人，不过规规矩矩说了几句，便命人除去抹额，脱了袍服，拉了靴子，便一头滚在王夫人怀里，王夫人便用手满身满脸摩挲抚弄他，宝玉也搬着王夫人的脖子说长道短的……这是一幅多么温馨的母子依偎图。当然紧接着就写到贾环故意推倒油灯，想烫瞎宝玉的情节。贾环下这个毒手，除了别的远因近由，很重要的一个原因就是他患有"皮肤饥渴症"。王夫人是不会爱抚他的，他的生母赵姨娘虽然把他当作争夺家产的一大本钱，对他把得很紧，却并不懂得对他爱抚。书里写到贾环在薛宝钗那边跟香菱、莺儿等赶围棋作耍，输了，哭了，回到赵姨娘那里——那是赵姨娘

第一回出场——她见了贾环,不但没有去爱抚、摩挲自己的儿子,反而劈头劈脸就是一句:"又是那里垫了踹窝来了?"所以,从未得到过父母爱抚的孩子,就会患一种"皮肤饥渴症",羡慕、嫉妒那些被父母爱抚的孩子。贾环品行很差,就下了毒手。书里写贾宝玉即使在那种情况下,也还是为贾环遮掩,说如果贾母问起,就说是他自己不小心烫着的。在第二十回,书里还干脆直接写出,说贾宝玉心里有个准则:只是父亲、叔伯、兄弟中,因孔子是亘古第一人说下的,不可忤慢,只得要听他这句话。可见贾宝玉反对的只是读书科举、当官搞政治,至于封建思想体系里非常重要的伦理观念,他是认同的。

贾宝玉怕他的父亲,特别害怕贾政逼他读书,逼他见贾雨村那样的政治官僚,不愿意走贾政逼他去走的科举当官的"正道",但是,这并不是说他就恨他父亲,就全面地反对他父亲。他遭父亲毒打,并不是反抗行为造成的,我们已经分析过,那件事有很具体的触发因素,有某种偶然性;要说必然性,也不是贾宝玉反封建的必然性,而是"双悬日月照乾坤"的必然性。第五十二回,写贾宝玉出门,去他舅舅王子腾家。他骑上马,有大小十个仆人围随护送。当时出府有两条路径,一条要经过贾政的书房,那时候贾政出差并不在家,但宝玉却坚持路过贾政的书房必须下马。仆人周瑞说,老爷不在家,书房天天锁着的,爷可以不用下来罢了。但宝玉却说,虽锁着,也要下来的。后来他们走了另一条路,不经过贾政的书房,宝玉才没下马。曹雪芹就是要通过这样的过场戏准确地刻画贾宝玉这个形象,他并不像今天一些论者概括的那样,可以简单笼统地贴上一个反封建的标签。

第五十四回,荣国府元宵开宴,贾珍、贾琏联袂给贾母敬酒,跪在贾母榻前,在场的众兄弟一见他们跪下,都赶忙一溜跪下,这时曹雪芹就写贾宝玉也忙跪下了。曹雪芹还写道,史湘云当时就嘲笑他,意思是你凑个什么热闹?因为我们都知道,宝玉成天在贾母面前,最受宠爱,在礼数上是可以例外的。但是曹雪芹就很清楚地写出来,宝玉不反对封建大家庭的这种礼仪，不但不反对，还主动严格要求自己，哥哥们既然跪下了，自己作为弟弟一定要跟着跪。

我举这些例子，就是要说明要把握贾宝玉的人格，简单地贴个反封建的标签是说不通的。他最突出的人格特点，其实需要从另外的角度加以说明。他确实是贾雨村说的那种秉正邪二气的怪人。他对当时社会主流价值观念的反叛，不是体现在反家长、反封建伦常秩序上，而是体现在他对非主流的社会边缘人的兴趣和关爱上。

我总觉得，秦钟这个人物的生活原型可能与秦可卿、秦业的原型并没多大关系。在现实生活里，这个人或许只是一个别家的穷亲戚，一度到曹家私塾借读，到了小说里，曹雪芹把他设计成了秦业的亲儿子，秦可卿名分上的弟弟。无论在生活里还是小说里，这都是一个社会边缘人，以那个社会的正统价值标准去判断，应该说是一个无聊的人、一个荒唐的人。但是宝玉第一次接触秦钟就痴了半日，心里想，天下竟有这等人物！如今看来，我竟成了泥猪癞狗了,可恨我为什么生在这侯门公府之家,若也生在寒门薄宦之家,早得与他交结,也不枉生了一世。我虽如此比他尊贵,可知锦绣纱罗,也不过裹了我这根死木头;美酒羊羔,也不过填了我这粪窟泥沟。"富贵"二字,不料遭我荼毒了!——千万不要把这些话草草地读过去,这才是真正揭示贾宝玉人格的内心独白。在社会边缘人面前,他,一个位居社会中心地位的侯门公子,居然产生了这样的想法,这不但在那个时代是惊人的,就是今天,又有几个高官富豪的子女面对底层平民子弟的时候会这么想,涌动出这样的情绪来呢?这不是什么政见,但这样的思想情绪,不是比某些政见更具有正面价值吗?如果更多的人能具有这种向下看,然后自我批判,主动亲和下层的情怀,社会还怕不能和谐吗?不用为这种思想行为贴标签,也很难找到一个现成的标签,曹雪芹通过贾宝玉所宣示的这种思想情愫实在是很伟大,具有穿透时代的力量,放射出永恒的光辉。

秦钟在第十六回——我觉得是相当草率地——

被曹雪芹写死了。秦钟临死前，还说了后悔以往看不起一般俗人，劝宝玉回到求功名的路上去那样的让我们败兴的话。但整体来说，秦钟在世时是个率性而为的人，他为情而生，为情而死，他与智能儿那股争取恋爱自由的勇气，是宝玉和黛玉望尘莫及的；临终前的悔语，可以理解成被社会压抑、摧残而扭曲了的心音。这个人物的名字，谐的就是"情种"的音，这个多情种子，应该是有原型的。

第四十四回，书中出现了一个更加属于社会边缘人的柳湘莲，贾宝玉跟他的关系，也和跟蒋玉菡的关系一样。蒋玉菡虽然被忠顺王和北静王争夺，但他是个戏子，实际上也是社会边缘人，王爷们是把他当作一个心爱的物件争夺；贾宝玉却是跟他平等交往。而柳湘莲更是一个异数，更加奇怪——他会串戏，又非戏子；世家出身，却已破落；耍枪舞剑，赌博吃酒，眠花卧柳，吹笛弹筝，无所不为。宝玉跟他竟又投缘。忽然，这一回写到宝玉跟柳湘莲在赖大家见了面，一见面，宝玉头一句话就是问柳湘莲这几日可到秦钟的坟上去了。柳湘莲就告诉他,去过,发现有点走形,还花钱给修好了。贾宝玉的人格中很重要的一个因素,就是他喜欢社会边缘人,这些社会边缘人也喜欢他。他觉得像秦钟、蒋玉菡、柳湘莲这些人,灵魂没被现实政治污染,跟这些性情中人交往,可谓这里有泉水,这里有真金。这些人看重他的,也正在于此,惺惺相惜,边缘共乐。贾宝玉身在社会中心,身为侯门公子,却在内心把自己边缘化了,这真是乖僻之至!

宝玉为蒋玉菡的事挨了父亲痛打。贾政打他,只是恨他给家里惹祸,是从政治上考虑——贾政是一个政治动物。当然贾政打宝玉也是因为贾环"手足耽耽小动唇舌",密告他淫逼母婢未遂——那当然是夸大了事实,是贾政把宝玉往死里打的火上浇油的因素——但是贾政终究还是不懂宝玉。宝玉挨打后,薛宝钗托着治疗棒疮的丸药来看望,第一回忍不住流露出无限的爱意,说了句"早听人一句话,也不至今日"。她还是不大理解宝玉,宝玉挨打,其实跟她平日劝说宝玉的读书上进什么的并没有直接关系。林黛玉毕竟最知宝玉之心,她对宝玉抽抽噎噎地说道，你从此可都改了罢！她知道宝玉喜欢跟那些社会边缘人交往。这时宝玉就长叹一声，说："你放心，别说这样话，就便为这些人死了，也是情愿的！"这句话我认为非常非常重要。

在说到贾宝玉关爱青春女性之前，我们花了这么多力气来分析他对男性的社会边缘人的特殊感情，我认为是必要的。这也是许多读者往往忽略掉的一部分内容。有些读者对这样的问题感兴趣，就是贾宝玉跟秦钟、蒋玉菡、柳湘莲这些人，有没有同性恋关系。从同性恋的角度来分析贾宝玉跟这些人，特别是跟秦钟的密切关系，也不失为一种可采用的学术角度，我不反对。而且，我的阅读感受是，他们之间确实有一些同性恋的味道。但我主要是从社会边缘人这样的角度来理解他们的，他们都属于正邪二气搏击掀发后赋予禀性的那一类人。曹雪芹通过对贾宝玉和这些人物的描写，提醒我们注意这一批"异类"，提醒我们理解、谅解、容纳，甚至肯定他们的独特存在价值，这是非常高层次的思想。这种思想在二百多年前就如此鲜明地被提出来，构成了我们中华文化、中华文明当中的一个耀眼的光斑。

当然，贾宝玉给读者最深刻的印象，还是他对待青春女性的那种特殊情怀，他所发表的那个宣言："女儿是水作的骨肉，男人是泥作的骨肉，我见了女儿，我便清爽；见了男子，便觉浊臭逼人！"这种情怀，跟上面分析的他对社会边缘人的看重是相通的。因为当时那样的封建社会是一个男权社会，妇女是被压抑，处在男权社会边缘的。但是，贾宝玉的"女儿水为骨肉"的观念，是把那个社会里的女性又加以细致划分的。例如第五十九回，怡红院的二等丫鬟春燕跟莺儿说，宝玉说过那样的话，他说："女孩儿未出嫁时，是颗无价宝珠；出了嫁，不知怎么就变出许多的不好的毛病来，虽是颗珠子，却没有光彩宝色，是颗死珠了；再老了，更变的不是珠子，竟是鱼眼睛了。分明一个人，怎么变出三样来？"有的读者很皮毛地理解，说宝玉是嫌女人越老越没有姿色。也许有这样的因素在里头，但宝玉的这一观点的核心，是痛恨那个男权社会的主流观念。青春女性在那个时代处在社会最边缘,她们被禁锢在深闺里,轻易不许出门,但也正因为如此,她们相对来说较少受到政治污染,灵魂也就如水清爽。曹雪芹在全书的楔子里更是直接写出了他的观点,他说:"忽念及当日所有之女子,一一细考较去,觉其行止见识,皆出于我之上。"又说:"然闺阁中本自历历有人,万不可因我之不肖,自护己短,一并使其泯灭。"他刻画出一个贾宝玉,通过宝玉对闺阁中青春女性的欣赏、呵护,来体现他这样一种情怀。

闺中女儿,青春易逝,而且到了一定年龄,父母就要包办婚姻,安排她们出嫁。一嫁了人,就难免被热衷仕途经济的丈夫同化,即使那些丫鬟出身的嫁了人的仆妇,参与了贵族府第的管理,也就开始变质。第七十七回,宝玉目睹周瑞家的往外带司棋,凶神恶煞,说如今可以动手打司棋了,宝玉恨得只瞪着她们,看已远去,才指着周瑞家的背影愤恨地说:"奇怪,奇怪,怎么这些人只一嫁了汉子,染了男人的气味,就这样混账起来,比男人更可杀了!"他说奇怪,其实他心里还是明白的,并不奇怪。这时书里又紧接着写,守园门的婆子听了好笑,就问他,这样说,凡女儿个个是好的了,女人个个是坏的了?宝玉点头道,不错!不错!婆子们就想再问他,说还有一句话我们糊涂不解,倒要请问请问——有意思的是,写到这里,曹雪芹并没有接着写她们究竟问的是什么,以及宝玉怎么回答,反而用另一个更紧张的情节将之截断了。

其实,守园门的婆子想问的话,可以从第七十一回里得到线索。贾母过生日,亲戚里来了四姐儿和喜鸾,这是两个小姑娘。她们听见尤氏说宝玉:谁都像你,真是一心无挂碍,只知道和姊妹们玩笑,饿了吃,困了睡,再过几年,不过还是这样,一点后事也不虑。宝玉怎么回答的呢?他说,我能够和姊妹们过一日是一日,死了就完了,什么后事不后事!于是大家就笑宝玉呆傻。李纨笑说,就算你是个没出息的,终老在这里,难道姊妹们都不出门的?这里"出门"就是出嫁的意思。喜鸾后来就很天真地搭话,说二哥哥,等这里的姐姐们都出了阁,我来跟你做伴。李纨她们又笑她,说难道你将来就不出门?守园门的婆子想问宝玉的,应该就是这样的问题:难道闺中女儿永不出嫁?

闺中的女儿,到头来要出嫁;嫁了男人,就会沾染男人的浊气。怎么个浊气?官场上争权夺利,商场上争钱夺利,名利场上争名夺利。于是这些女儿就变质了,变成死珠子、鱼眼睛了。贾宝玉希望女儿们青春永驻,永不嫁人,永不被污染,永远清爽,这实际上是办不到的,但他就那么固执地追求,追求永开不败的花朵。这种追求,最后肯定要破灭。但是在破灭之前,他抓紧一切机会欣赏、呵护青春花朵,来为她们服务、效劳,甘愿为她们牺牲、化灰、化烟也在所不惜。贾宝玉对青春女性的膜拜,其实也就是曹雪芹对青春女性的膜拜,在那个时代、那种社会里,这实在是惊世骇俗的。

有人说,王熙凤和李纨也都是嫁了人的,宝玉不是也跟她们很好吗?不是把她们和黛、钗、湘、迎、探、惜一视同仁吗?——她们在宝玉眼里,跟别的"嫁了汉子"的妇人相比可能确属例外。但是，曹雪芹是写出了王熙凤嫁了人当了家，手中有了权力，就失去纯洁变得污浊的一面的，他赞赏她的才能，却揭露、批判了她的恃才胡为。李纨，有红学家认为是曹雪芹笔下一个没有缺点的人物，其实大不然，关于她的缺点，我将在后面揭示。

其实，贾宝玉跟黛、钗、湘等主子姊妹们那么好，即使从最世俗的角度看，也不难解释，而他的令人纳闷之处，在第七十八回里，被贾母点了出来。贾母说："我深知宝玉将来也是个不听妻妾劝的。我也解不过来，也从未见过这样的孩子。别的淘气都是应该的，只他这种和丫头们好却是难懂。我为此也耽心，每每的冷眼查看他。只和丫头们闹，必是人大心大，知道男女的事了，所以爱亲近他们。既细细查试，究竟不是为此，岂不奇怪？想必是个丫头错投了胎不成？"

宝玉跟丫头们好，贾母难懂；曹雪芹却通过一个仙人解释了贾宝玉的这种情怀。那仙人就是太虚幻境里的警幻仙姑，她提出了一个概念，解释了宝玉的特殊人格心性——"意淫"。

"意淫"这个曹雪芹创造的词,因为里面有一个"淫"字,历来被人误读误解。现在有的人写文章,把它当成一个绝对贬义的词,理解成"在意识里猥亵"等含义,说谁"意淫",就是批评谁心思不正,下流堕落。这样理解"意淫",绝对歪曲了曹雪芹的原意。这个概念是曹雪芹通过警幻仙姑,在第五回快结束时,很郑重地提出来的。

警幻仙姑跟贾宝玉说:"吾所爱汝者,乃天下古今第一淫人也。"这当然把贾宝玉吓了一大跳。宝玉就忙道,说自己因为不爱读书,已经被家长责备,岂敢再冒"淫"字;自己年纪小,不知道"淫"字为何物。这时警幻仙姑就给"意淫"下了定义,她说,淫虽一理,意则有别,如世之好淫者,不过悦容貌,喜歌舞,调笑无厌,云雨无时,恨不能尽天下之美女供我片时之趣兴,此皆皮肤淫滥之蠢物耳。那么贾宝玉呢?她认为他不是这样的,是脱俗的,是超越"皮肤淫滥"的。她说,如尔则天分中生成一段痴情,吾辈——也就是仙界众仙姑们——把这种痴情,推之为意淫。"推之"就是推崇为，充分地肯定，可见"意淫"在这里被确定为一个正面的概念，不是一般俗人所能具有的品质，是贾宝玉天分里、人格里，一个非常值得推崇的优点。那么，对青春女性不存皮肤淫滥之想，没有轻薄猥亵的心理，究竟是个什么样的态度呢？警幻仙姑进一步说，"意淫"二字，惟心会而不可口传，可神通而不可语达，汝今独得此二字，在闺阁中固可为良友，然于世道中未免迂阔怪诡，百口嘲谤，万目睚眦。可见"意淫"在曹雪芹笔下是个褒义词。曹雪芹后面写贾瑞觊觎王熙凤的美色，两次被王熙凤耍弄还不死心，后来得到风月宝鉴，人家跟他说一定要反照，他非要正照，最后把命交代了。这才是我们现在以为的"意淫"的意思，但是曹雪芹在书里并没有用这样的字眼，因为曹雪芹的"意淫"不是那样的意思。

警幻仙姑提出"意淫"这个概念后，就把乳名兼美，字可卿的妹妹介绍给了贾宝玉，使他初尝男欢女爱的滋味。有的读者对这一笔很不理解，说这不是流氓教唆吗？我个人认为，曹雪芹安排这样一笔是有其用意的,他要通过这样的梦中经历,传达给读者一个明确的信息,就是贾宝玉这个男子,在故事发展到那个阶段的时候,他的心性都成熟了。这一笔非常重要。否则,会有人对他在女儿群里厮混产生另样的理解,比如贾母因为参不透他为什么跟丫头们那样好,就一度怀疑他是不是男儿身、女儿性。还有朋友私下跟我说,也许是被某些绘画、戏曲、影视作品里贾宝玉的造型影响,特别是不少戏剧影视,总让女演员来扮演贾宝玉,让他总觉得贾宝玉阳刚气不足,过于阴柔。他跟那些小姐、丫鬟们在一起,似乎没有什么性别意识。因此,说贾宝玉对待女性的观念态度如何具有进步性、超前性,他不大赞同。他认为,可能贾宝玉自己在性别认同上有偏差。曹雪芹可能就是怕读者有这样的误会,还特意写了宝玉梦遗,又写他和袭人偷试云雨情。这都是为了告诉读者,尽管宝玉还小,但他是个正常的男人。这个前提是非常要紧的。

脂砚斋在批语里把警幻仙姑提出的概念进一步简化,她说,按宝玉一生心性,只不过"体贴"二字，故为"意淫"。也就是说，宝玉的人格特点，其实就是对青春女性格外体贴，全身心地体贴。

书里写宝玉对青春女性体贴的例子很多，最突出的，是第四十四回的"喜出望外平儿理妆"和第六十二回的"呆香菱情解石榴裙"。这两段故事大家很熟悉，我不必再讲述一遍。我只是提醒大家，要注意曹雪芹除了写贾宝玉亲自为平儿拈取玉簪花棒等化妆品，剪鲜花为她簪在鬓上，又为她熨衣、洗帕等，还特别写到他的心理活动，说他因自来从未在平儿前尽过心，且平儿又是个极聪明极清俊的上等女孩儿，比不得那起俗蠢拙物，深为恨怨，没想到一场风波以后，竟能在平儿前稍尽片心，这让他心内怡然自得，歪在床上，越想越欣慰。这些想法，也许还比较肤浅，下面他接着想，就想到贾琏惟知以淫乐悦己，并不知作养脂粉——"作养"就是像培养花儿般呵护的意思。又想到平儿并无父母兄弟，独自一人，供应贾琏夫妇二人，贾琏之俗，凤姐之威，她竟能周全妥帖，也真不容易。想到这里，趁别人不注意，他索性尽力落了几点痛泪。这就是宝玉的"意淫",也就是脂砚斋换的那个我们更能接受的说法,"体贴"。这种情怀的具体呈现,哪有丝毫下流心思,这是一个生命对另一个生命的极度尊重与关怀。尤其是,贾宝玉是一个正常的男人,他不是不懂得性,可是面对平儿这样一个聪明清俊的美丽姑娘,他所思所想所叹所伤,却是这样一些内容。这样的人格,难道不是纯洁高尚的吗?

香菱换裙那段情节,也应该特别注意曹雪芹对宝玉心理的描写。宝玉低头心下暗想,可惜这么一个人,没父母,连自己本姓都忘了,被人拐出来,偏又卖与了这个霸王。又想,上日平儿的事也是意外想不到的,今日更是意外之意外的事了。所谓意外,就是他平日一直存有对这两位青春女性的爱惜之心,只是没有机会充分表达出来罢了,而两个偶然的情况,竟然使他能像完成行为艺术的创作一样,使他的这种心情在两位女儿面前有了一次充分而圆满的宣泄。

贾宝玉的人格(下)

曹雪芹笔下的贾宝玉是一个具有复杂性的、血肉丰满鲜活的艺术形象。书中第三十回集中展现了贾宝玉人格的五个层面,写得自然流畅而又跌宕起伏。这一回的回目是"宝钗借扇机带双敲　龄官划蔷痴及局外"。当然,有的古本中这回的回目跟这个不太一样,但差别不大。值得一提的是,有的古本不说"龄官",而写作"椿龄"。为什么是椿龄?书里没交代她的名字是椿龄,只说她跟别的买来唱戏的小姑娘一样,都给取了个带"官"字的艺名。但我认为,这个回目里的"椿龄"二字,不会是写错了，不会是偶然的，而应该是一个伏笔。后面写因为薨了老太妃，贵族家里不让唱戏了，元妃也不再省亲，因此贾家就把所养的梨香院的小戏子们遣散了。其中有一个死掉，不去算了，剩下的有八个愿意留下来当丫鬟，就分到各房去了。书里也开列了那八官的名单和去向，里头没有龄官、宝官和玉官。龄官哪里去了？是否嫁给了贾蔷，或是又有别的什么命运？八十回里就没写了，但估计八十回后，曹雪芹笔下还会有她，她为什么又叫椿龄，那时一定能让我们明白。

《红楼梦》的回目都是八字一句，一回两句，但各回八个字的诵读节奏是不一样的。比如"甄士隐—梦幻—识通灵　贾雨村—风尘—怀闺秀"，是AAA—BB—CCC的节奏。这种节奏的回目最多，但也有别样节奏的，比如"村姥姥—是—信口开河　情哥哥—偏—寻根究底"，是AAA—B—CCCC的节奏；"手足眈眈—小动唇舌　不肖种种—大承笞挞"是"AAAA—BBBB"的节奏。"宝钗借扇机带双敲　龄官划蔷痴及局外"呢？我认为这两句的读法，节奏并不是对称的，前一句是AA—BBB—CCC的节奏，读作"宝钗—借扇机—带双敲"，后一句则读作"龄官—划蔷—痴及局外"，是AA—BB—CCCC的节奏了。诵读并体会回目的意境，对理解《红楼梦》各回的内容是非常重要的。我的一位朋友就常跟我讨论《红楼梦》的回目，比如"不肖种种大承笞挞"，他认为应该读作"不肖种—种大承笞挞"。"不肖种"当然是指贾宝玉，"种大承笞挞"，就是一打趸地，被算总账地痛打了一顿。

第三十回从时间上来说，是一个夏日的午前到午后，总的时间流程也就三个小时左右；地点场景虽有几次转换，但也无非是在大观园里，故事情节是不间断的。我觉得，这回所描写的，基本上可以分为五幕。

第一幕，时间是午前，众人去贾母那边吃午饭前。故事发展到这一回的时候，虽然有了大观园，但大观园里还没设厨房，住在里面的宝玉和黛、钗等要吃饭的话，还是要出园子去上房。地点是在潇湘馆。

这一幕的故事紧接上一回。上一回中因为到清虚观打醮，张道士给贾宝玉提亲，宝玉又从那里得到了一个金麒麟。本来薛宝钗的金锁带来的"金玉姻缘"的阴影已经让林黛玉堵心，一金未除，又出一金，于是黛玉就跟宝玉闹别扭，而且这回闹大了，应该说是八十回里闹得最凶的一回，最后更惊动了贾母，贾母说他们是"不是冤家不聚头"，急得流眼泪。这一幕里，宝、黛就是在那样一个前提下见面的，是宝玉主动找上门来，想跟黛玉讲和。黛玉那个性格，心里明明活动了，感受到了宝玉对她的一片真情，嘴里却还偏要说些刺激宝玉的话，先说要回家去，宝玉说跟了去，又说要死，宝玉就说你死了，我做和尚——这当然既是表现宝玉情急之下口不择言，同时也是一个伏笔。因为按曹雪芹的构思，八十回后宝玉应该是二度出家，而第一回出家，就是因为黛玉之死。这回里还有一些两个人的对话，以及对他们肢体语言的细腻描写。其中就写道，黛玉见宝玉用簇新的纱衫的袖子擦眼泪，就把自己搭在枕上的一方绡帕子，拿起来掷到宝玉怀里。宝玉擦过眼泪，就挨近前些，然后就伸手拉了黛玉一只手，两个人各有一句话。这是在八十回书里，宝玉主动跟黛玉发生的唯一一次身体接触。而且，从后面的情节可以知道，黛玉对他的这次主动的身体接触，嘴里怎么说是另一回事，实际上并没有拒绝，并没有马上甩开宝玉或抽出自己的手来。

那个时代，那个社会，男女授受不亲，公子小姐眉目可以传情，肢体怎敢接触。但贵族公子也如俗话所说，龙生九子，子子有别，做事风格并不完全一样。比如我们前面已经讲到的贾蓉，他辈分比宝玉小，年龄却比宝玉大，是宁国府里三世单传的贵公子。第六回刘姥姥一进荣国府，曹雪芹通过刘姥姥的眼光，描述他是面目清秀，身材俊俏，轻裘宝带，美服华冠。第六十三回，他爷爷去世，他回家奔丧，见了两位姨妈，打情骂俏，甚至滚到了尤二姐怀里去。丫鬟们看不过，提醒他热孝在身，那两位又毕竟是姨娘家，他竟撇下两个姨娘就抱着丫鬟亲，说我的心肝，你说的是，咱们馋她两个。情形不堪入目。当然,这不是谈恋爱,但即便是谈恋爱——如果贾蓉也能有点像样的爱情的话,估计他也不会斯斯文文。贾宝玉享有更多的贵公子特权,他如果真想怎样,也未必不能一试。他跟袭人早就试过,而且后来这也不是什么秘密。晴雯早在住进大观园前就说过,你们那瞒神弄鬼的,我都知道。这话虽然不是冲着袭人说的,但宝玉听见,只有无言以对的份儿。后来在怡红院,晴雯更干脆对袭人说,别教我替你们害臊了,便是你们鬼鬼祟祟干的那事儿,也瞒不过我去,顿时气得袭人满脸紫胀起来,但也无可奈何。

我说这些是想强调,曹雪芹写宝玉和黛玉的恋情,写出了一种圣洁之爱。"意绵绵静日玉生香"那一回,两个人在同一张床上,既亲密,又纯洁。当然,曹雪芹有一个神话式的预设,就是他们是两个从天上下凡的生命。但是,神瑛侍者和绛珠仙草一旦下凡,除偶尔的梦游,生魂回到天上,他们在人间是不知道自己的来历的。因此,他们相爱主要还是因为精神上的共鸣和异性间的一种相互吸引。他们两个的精神共鸣已经有许多人指出，读者们自己也可以做出判断，我不再细说。我现在是要破除一些误解和理解偏差，比如有人认为宝、黛之间只有精神共鸣，没有肉体吸引，那样的话，他们就不成其为恋人了。宝玉爱林妹妹，当然是灵肉一起爱。我们已经说过，贾宝玉是一个生理上和心理上都成熟了的男子，不是没有"性趣"，不是性懵懂、性无能，也不是在性取向上拒女求男的同性恋者，他对女性的身体美是有感受、有冲动的。例如第二十八回，他请求薛宝钗把腕上戴的红麝串褪下来给他细看看，宝钗少不得褪下，这时曹雪芹就写道，宝玉见宝钗生得肌肤丰泽，看着她那雪白一段酥臂，不觉动了羡慕之心，暗暗想道，这个膀子要长在林妹妹身上，或者还得摸一摸，偏生长在了宝姐姐身上。这是写宝玉的性心理，写得非常准确。

　　贾宝玉爱林黛玉，爱到铭心刻骨的地步。"诉肺腑心迷活宝玉"那一回，宝玉说，好妹妹，我的这心事，从来也不敢说；今儿我大胆说出来，死也甘心！什么心事呢？他说，我为你也弄了一身的病在这里，又不敢告诉人，只好掩着。睡里梦里也忘不了你！——这说明他跟林妹妹绝不仅仅是思想上的志同道合。曹雪芹都写到这个份儿上了，我们要是再不理解，可真辜负了他的一片苦心了。当然，宝玉说出这几句电闪雷鸣般的话时，黛玉已经走开了，他这个情种已经达到了情痴的程度，都没搞清楚对面站的已经不是黛玉而是袭人了，就把心底最深处的隐私说了出来。结果当然把袭人吓得魄销魂散，叫道，神天菩萨，坑死我了！所以，曹雪芹写宝哥哥爱林妹妹，是全方位的，是有性心理描写的。袭人后来忍不住跟王夫人说那些话，不少论家都说她是告密，有的还特别分析出，她是宝钗的影子，她们都是在思想意识上站在维护封建礼教一边的。这样分析我不反对，但是，我个人的感受是曹雪芹其实是在写人性的复杂。袭人听到了宝玉本来绝对不想让她听到的话，感到可惊可畏，十分不安——原来宝玉跟她云雨，其中有拿她当替代品的因素，这真是坑死她了啊！所以袭人的所谓告密，除了思想观念上的原因，恐怕也有另外的、容不得宝玉再那么发展下去的更隐秘的原因。

把宝玉对黛玉的爱情中精神以外的因素发掘到这个地步,我想说明什么呢?我想说的是,纵观八十回大文,宝玉对黛玉的爱,那么深刻,但在未正式结为夫妻前,他对她绝无苟合之想,他自我控制,甚至可以说是抑制,连肢体接触都非常谨慎。这种爱,那么圣洁,那么高尚,令人感动,令人钦佩。宝玉对黛玉的爱,有一个非常明确的目标,就是娶她为妻,为正妻。他对黛玉、紫鹃引用《西厢记》里的话,"我就是个多愁多病身,你就是那倾国倾城貌","若共你多情小姐共鸳帐,怎舍得叠被铺床",把他的态度宣示得非常明白。后来紫鹃还非要"情辞试忙玉",他除了发一些措辞非常古怪的誓言,还对紫鹃说,我只告诉你一句瓩话,活着,咱们一处活着,不活着,咱们一处化灰化烟,如何?

在第三十回的第一幕里,曹雪芹再次描写了宝、黛之间爱得死去活来,出现了宝玉对黛玉的一次主动的肢体接触,而黛玉心里其实是容忍、接受,甚至享受的。这个肢体接触的时间应该是比较久的,因为下面就跳出了一个人物,又是人未到声先到,先听到一声喊,好了!原来是王熙凤来了。她奉贾母之命而来,要把两个聚头的冤家带到贾母那边的上房。她向贾母汇报说,她在潇湘馆看见宝、黛互相赔不是,倒像黄鹰抓住了鹞子的脚,两个都扣了环了!

这一幕,写宝、黛之恋,突出写了宝玉对黛玉的爱是灵肉俱爱,却又圣洁高尚,比后来对理妆的平儿、换裙的香菱的那种体贴,更高一个甚至几个层次,突出写了他的人格特征。若认为宝玉对黛玉的感情是怜惜多于爱情,是与书中大量的描写不符的。认为林黛玉算不上《红楼梦》的第一号女主角,也是不能服人的。脂砚斋被认为是史湘云的原型,她有条批语说,余不及一人者,盖全部之主惟二玉二人者。

接下来的第二幕,时间跟上一幕紧接着,地点是在贾母的屋里。这个时间应该一起吃饭,但曹雪芹省略了吃饭的过程,直接写了宝、黛、钗的又一次心理冲突，内容就是回目前一句所概括的——宝钗借扇机带双敲。我要提醒大家注意这里出现的小丫鬟靛儿，有的版本又写成靓儿，我个人比较倾向曹雪芹的原笔是靛儿，是谐"垫背"的"垫"的音。这个丫鬟在前八十回里只出现了这一次，但我估计八十回后她是要再出场的。就像小红怀疑黛玉偷听了她的机密，会疑忌黛玉，并会因此派生出一点情节一样，这个靛儿不过是问了句扇子的事，宝钗就对她那样声色俱厉，她哪知道宝钗是借问扇的这个机会，用话敲打宝、黛呢？她人微身贱，当时也只好忍气吞声。但以后情况有了变化，再遇到宝钗，她会怎么说怎么做呢？曹雪芹特别善于写人性的复杂、命运的诡谲。他并不是从概念出发来写人物，他笔下的宝钗给我们的总体印象是温柔蕴藉的，但偶尔也会金刚怒目，甚至伤及靛儿那样的无辜。

这一幕里，因为环境的转换，宝玉也只好尽快调整自己的情绪。有人认为贾宝玉既爱黛玉也爱宝钗，这个说法是不准确的。如果说他作为绛洞花王,对所有的青春女性都有一种爱意,那么,宝钗是最华贵的牡丹花,他焉有不爱之理?他爱得只会更多。书里多次写到他对宝钗的美貌、风度、博学、诗才的激赏,甚至在上面所引的那个例子中,他对她的身体也产生过"摸一摸该多惬意"的想法。但是,那不是严格意义上的爱情,他娶妻,娶正妻,还是要娶林黛玉。哪怕有所谓"金玉姻缘"的说法,他也坚决要娶黛玉,笃信"木石姻缘"。从严格意义上的男女情爱的角度来说,他对黛玉灵肉俱爱,连缺点也爱,连病态也爱;虽然他对宝钗那丰满的美臂有一种欲望,但那既然是宝钗的,他就从心理上放弃了。

第二幕写的不再是宝、黛的爱情,而是宝玉的人生困境。他希望在爱黛玉的前提下,也跟宝钗保持一种亲密的闺友闺情。但宝钗那冰雪般的身体里,其实也有努力压抑的青春火焰,那是吞进多少冷香丸也扑不灭的。看到宝、黛公开因情而闹,又因情而和,她心里能好受吗?宝玉一句把她喻为杨贵妃的失言,她竟那般支撑不住,甚至说出"我倒像杨妃,只是没一个好哥哥好兄弟可以作得杨国忠的"这样古怪的话来。这句话,有人认为是骂宝玉不中用,不能在仕途经济上发达,其实,其中另有重大原因。

这一幕里的宝玉是悲苦的。他生活在一个温柔富贵乡里,除了赵姨娘、贾环,几乎人人都对他好。但即便如此,他和黛玉的爱情不仅仍然具有非法性、危险性,而且,他不能只是跟黛玉恋爱,还要应付各方面的人际关系,不能让家长发现他那越轨的心思,也不能让宝钗将他看得太透而心里太难过。他希望有一种平衡,希望家长们能容忍甚至接受他和黛玉的爱情,并顺势导出一桩遂心如意的婚姻;又希望自己能继续和其他姊妹,特别是宝钗和湘云,保持最亲密的闺友闺情。这也是宝玉人格组成里的重要因素。但生活、人性,都不能给予他这样一种平衡。这一幕所表现的,就是他在失衡后的大苦闷。

于是就有了第三幕。曹雪芹稍微写了点过场,和前面对荣国府的空间布局的描写十分吻合,可见是有庭院原型，并且很可能是在提笔前画出了平面图的，所以写得一丝不乱。第三幕应该是在第一幕结束两小时后，紧接第二幕，场景最后定格在王夫人的上房。

一个苦闷的、暂时陷于抑郁状态的男子，他解除苦闷、摆脱抑郁的方法，就是不怎么高明的情感发泄。当然，解决这个问题有上策，比如去读优美的诗歌，听优美的音乐，或者去思考形而上的哲学问题。但往往在急切里，在混沌中，人就会不由自主地采取下策，那就是放任自己形而下的情感宣泄，不是以高尚的东西，而是以粗鄙的东西来慰藉自己，麻醉自己。曹雪芹没有把贾宝玉的人格内涵一味地拔高，他生动地写出，贾宝玉的情愫里，也有形而下的东西。其实早在前面的一些章回里，他已经写出了宝玉的"下流痴病"，他爱红，爱吃丫鬟嘴上的胭脂——这其实是一种含蓄的说法，我们当然知道那其实是在干什么。

第二十四回里，鸳鸯奉贾母之命来怡红院传话，说贾赦病了，宝玉应该去看望、问候，并且要他代表贾母去表示关切。这时趁袭人进里面去收拾出门的衣服，宝玉就把脸凑在鸳鸯脖颈上，闻那香油气，还不住用手摩挲，觉得鸳鸯皮肤的白腻不在袭人之下，便爽性猴上身去涎皮笑道，好姐姐，把你嘴上的胭脂赏我吃了吧。一面说，一面扭股儿糖似的粘在了鸳鸯身上。按现在的说法，这就是对鸳鸯进行性骚扰，而且鸳鸯还是他祖母的丫鬟。

曹雪芹刻画宝玉的形象，不是要树立一个榜样，他就是要写出一个人，使我们相信，那个时候那个空间里，就有那样一个生命存在，他挟带着人性中全部的复杂因素，就那样度过了他的人生。他在第二回已经通过贾雨村告诉我们，宝玉属于那种秉正邪二气的人，他的人格因素里有圣洁的形而上，也有粗鄙的形而下。

鸳鸯坚决地拒绝了宝玉的性骚扰，她高声唤出了袭人，宝玉不得不中止了他的下流行为。当然，虽然袭人责备了他，鸳鸯拒绝了他，但也都没有全盘否定他，因为她们也都感受到过宝玉对青春女儿的细心体贴。

丫鬟里面也有比较轻佻的，不但不拒绝宝玉的骚扰，而且还主动招惹他，王夫人身边的大丫鬟金钏就是一个。第二十三回，宝玉等人住进大观园前，贾政夫妇召见众子女，宝玉自然也到了。在门外，金钏就上前赶着跟宝玉说，我这嘴上是才擦的香浸胭脂，你这会子可吃不吃了？这一笔是三十回第三幕的伏笔。

第三幕是风云乍变的一幕。金钏也斜着眼乱恍，在宝玉说要把她讨到怡红院去后，说，你忙什么，金簪子掉在井里头，有你的只是有你的。这一句作为伏笔，所伏的情节并不在千里以外，只隔一回，就是"含耻辱情烈死金钏"了。

宝玉对金钏的调笑，后来被贾环夸张地描述为"淫逼母婢未遂"，这固然属于别有用心，但宝玉在这一幕里所展现的人格缺陷，也很难用什么理由来遮掩。两个小时前，在黛玉面前还是那样心中充溢着圣洁的情怀，连挨近拉个手都仿佛是在做一件冒昧已极的事；仅仅两个小时后，就非常自然地转换了一副形而下的粗鄙心态，无论是口中言辞还是肢体语言都令人齿冷，你相信这是同一个人吗？我跟不止一位红迷朋友讨论过，他们对宝玉和金钏的评议各不相同，甚至互相抵牾，可是，没有一个人觉得曹雪芹写得牵强，都说情节的流动非常自然，宝玉这个人物显得真实可信。

第三幕的高潮是王夫人忽然翻身起来，狠扇金钏耳光，指着她大骂，宝玉则一溜烟逃走了。宝玉逃走后，王夫人叫人来，把金钏撵了出去。

宝玉一溜烟跑回了大观园，之后就出现了第四幕。

大观园建好后，贾政领着一群清客，带着宝玉，各处浏览题匾额的时候，书里就写道，他们过了荼蘼架，再入木香棚，越牡丹亭，度芍药圃，入蔷薇院，出芭蕉坞……这个似乎只是点染性的过渡句里也有伏笔。到了第三十回，蔷薇院的花架就成了第四幕的布景。

按说在第三幕里，宝玉惹了祸，心里应该很乱，不可能再把注意力转移到别处去。但是，一来他还不知道王夫人不仅打骂了金钏，还在一怒之下,立刻唤人来把金钏撵了出去;二来,为了使下面的情节发展合理,曹雪芹特别写到当时的大观园里,赤日当空,树阴合地,满耳蝉声,静无人语,这样的环境能够使人平静下来。然后就写道,宝玉听到哽噎之声,被那声音吸引到蔷薇花架的这边,朝花架那边寻声觅人,于是就发现了龄官画蔷。当然,到这一幕完结时,宝玉只模模糊糊觉得那画蔷的女孩是十二官之一,并不能确定究竟是哪一官,而且也没参透她画蔷究竟何意,只是这一幕把他人格中的体贴青春女性的情怀又高扬了起来。他心里想,这个女孩,已经到了这么个忘我痴迷的地步,心里正不知怎么受熬煎呢;她又那么单薄,心里哪里还搁得住这么熬煎,可恨自己不能替她分些过来……龄官画蔷的谜底,是到第三十六回才揭开的,宝玉亦从中悟出人生情缘,各有分定,那是后话。在这一幕,曹雪芹再次去写宝玉对青春女性的泛爱泛怜,一扫顶多半小时前,他在金钏面前的那种轻薄姿态。

曹雪芹写这一回好比作诗,起承转合竟是那么天衣无缝，写到第四幕已算写绝了，没想到他还有让读者心里更难平静的第五幕。

第五幕的时间紧接第四幕。实际上这一回的叙事在时间上最为紧凑，没有丝毫间断。而这最后一幕的地点是怡红院。舞台效果呢，应该是雨渐来、渐大。

第四幕末尾已经开始下起阵雨。龄官发现花架外有人提醒她避雨，以为是个丫鬟，道了谢后就问，姐姐在外头，难道有什么遮雨的？后来龄官一定是弄清楚了那是宝玉，便跟贾蔷说了。贾蔷眼皮儿杂，见人多，就把这事当笑话说了出去。到第三十五回，就出现了两个婆子跑来看望宝玉。宝玉素习最厌愚男蠢女，死鱼眼珠般的蠢婆子本来应该是决计不见的，但是那天他却破例接待了那两个婆子。因为那两个婆子来自通判傅试家——从这名字就可知道，这个通判是个趋炎附势之徒。傅试虽然不怎么样，宝玉却听说——注意，仅仅是听说——他妹妹叫傅秋芳，已经二十三岁了，仍待字闺中，据说也是个琼闺秀玉，才貌双全。宝玉居然就对这位几乎比他大十岁的女子遐思遥爱,十分诚敬。这又是怎么回事?贾雨村说不能把宝玉看成淫魔色鬼,那么,宝玉这是什么心理?

曹雪芹在那一段情节里,很快就安排那两个婆子有一段对谈。她们见过宝玉后,非常惊讶,一个说——那是她们亲眼看见的——玉钏,金钏的妹妹,因为给宝玉递汤的时候,不小心把汤打翻在宝玉手上,宝玉挨了烫,不顾自己,反倒急着问玉钏烫了哪里,疼不疼。那婆子对此评论说,怪道有人说他是外像好里头糊涂,这可不是个呆子?另一个婆子就跟上去说,宝玉自己被大雨淋得水鸡似的,反告诉别人下雨了,快避雨去。她们怎么知道的?想必是龄官告诉贾蔷,贾蔷告诉傅试,傅试学舌给妹子,经过那么个途径,她们知道的。她们当然都觉得这很可笑,但曹雪芹一定有信心,相信读者们自己会对宝玉的这种行为做出自己的判断。这个婆子接下来的话,我觉得就是曹雪芹借她的口来对宝玉做深度描绘了。她说贾宝玉时常没人在眼前就自哭自笑的,看见燕子,就和燕子说话,河里看见了鱼，就和鱼说话，见了星星月亮，不是长吁短叹，就是咕咕哝哝的，且是连一点刚性也没有，连那些毛丫头的气都受的……这位傅家婆子的话，真是比贾雨村那长篇大套的议论听起来还深刻，通俗地勾勒出了宝玉的人格。

宝玉当然不是淫魔色鬼，他对傅秋芳遐思遥爱，也许还有另外一个因素。在那个时代，傅秋芳那样一个姑娘，可能家里从她十四岁起就开始给她找婆家，她哥哥可能更妄图以她为本钱，跟豪门贵族攀亲。总未有那样的人家接受，固然是一个原因，傅秋芳自己坚决不肯轻易嫁人，肯定是更重要的原因。这应该也是一个秉正邪二气的乖僻之人，竟到了二十三岁还没有出阁，还在等待一桩符合自己心意的姻缘，怎不令人肃然起敬？这个傅秋芳，八十回后肯定还会出场，未必能遂了她自己的心愿，但她与宝玉应该有些纠葛，也许她也是宝玉落难时施以援手的角色之一。

宝玉的泛爱也不仅是爱青春女性，他爱天上的燕子，爱水里的鱼儿，他跟星星月亮对话，他能把自己跟宇宙融为一体。脂砚斋在批语里透露,全书最后的"情榜",宝玉的考语是"情不情",就是说他对天地间一切无情的事物也能赋予真挚的感情。这是多么了不起的情怀啊,他的人格的最高层次,真是达到了"侔于天"。

但是在第五幕,曹雪芹竟写出了更出于我们意表的戏剧性场面。大雨中,他敲怡红院的门,里面没人料到是他回去,迟迟没有人理他。最后袭人去开门,宝玉一肚子没好气,门刚开,就一边骂一边伸脚猛踹,把袭人踹得晚上吐血,不觉将素日想着后来争荣夸耀之心皆尽灰了。这是宝玉第二次对丫鬟发威。第一次是在第八回,就是枫露茶事件,导致茜雪被撵了出去。

半个多小时前,在第四幕里,宝玉还是个护花天使,但回到怡红院,这第五幕中,他却陡然又成了摧花纨绔。

这一回也就六千多字,每一幕也就用了一千多字,而宝玉人格的五个层面都写到了,而且写得那么流畅,那么自然,天衣无缝,真实可信。

我这样总结了贾宝玉人格的五个层次,从低到高:

第一个层次:纨绔公子本色,以我为主,有发怒施威的特权。

第二个层次:戒不掉形而下,爱吃胭脂,以轻薄调笑解郁闷。

第三个层次:享受闺友闺情,渴望平衡,在细微体贴中快乐。

第四个层次:笃信木石姻缘,圣洁之爱,绝对尊重绝对专一。

第五个层次:追求诗意生活,融进宇宙,能以真情对待无情。

红楼琐谈

留杩子盖头的小厮

《红楼梦》第六十回末尾到第六十一回,写到大观园内厨房厨头柳嫂子从她哥哥家回来,在角门那里遇到了一个留杩子盖头的小厮,两个人有一番十分切合人物身份的戏谑口角,虽是回末章头似乎漫不经心的过渡性文字,细处却大有意趣,值得玩味。

近些年多有论家热衷于分析第五十六回,认为所写的"敏探春兴利除宿弊　时宝钗小惠全大体",在大观园中推行承包责任制,对今天的经济改革也颇有借鉴意义。更有论家认为这一回所写的,甚符合十九世纪末二十世纪初意大利经济学家帕累托所标榜的"新福利主义"。帕累托认为，如果一个高收益的社会利益集团自动让出部分利益，以补贴另一低收益集团，构成一种社会福利，双方可能达到利益双保，社会状态也就趋向和谐，这种效果就叫作"帕累托最优"。曹雪芹生活在帕累托之前一百多年的封闭状态的中国，竟能在《红楼梦》第五十六回里形象地描绘出荣国府"临时内阁"推行"新福利主义"，令若干论家赞颂不已。

的确，那回书里所写的，是贾府在险些面临权力真空的状况下，临时凑成的"三驾马车"竟能锐意革新的故事。荣国府府主贾政那时被皇帝派了外差，王夫人一贯依仗的"内阁总理"王熙凤又因病休假，更加上朝廷里薨了老太妃，贾母、邢夫人、王夫人连同宁国府的女主子尤氏乃至贾蓉续娶的媳妇许氏，因为全属"诰命夫人"，按规定全得参与旷日持久的祭奠活动，先是每日早出晚归，后来更离京到远处陵寝。虽然贾氏宗族向皇家撒谎，说尤氏产育去不了，让她除照管自家宁国府外，每天过来协理荣国府，但荣国府毕竟也还需要组成一个

"临时内阁",于是由王夫人指派了李纨、探春、宝钗三位出任,一个寡妇,一个庶出闺女,一个外姓亲戚,真有点"将不够,兵来凑"的架势。其实曹雪芹用笔尽量客观、周到。他字里行间确实有赞扬探春之敏、宝钗之智的味道,但也写出了荣国府的仆役们对这"三驾马车"和对王熙凤一样,怀有无法释怀的阶级敌意:"刚刚的倒了一个'巡海夜叉',又添了三个'镇山太岁',越性连夜里偷着吃酒顽的工夫都没了!"

大观园的管理真是"一包就灵"吗?各个利益集团之间真是因"帕累托最优"的润滑就相安无事,趋于和谐了吗?曹雪芹在第五十八回到六十一回里,恰恰写出了探春、宝钗她们设计推行的承包责任制造成的人际关系紧张,以及不时因小由头而发酵成的群体事件。"三驾马车"压力很大,王熙凤病休中指派平儿辅政,平儿也忙得不亦乐乎。

留杩子盖头的小厮在角门与柳家的一番斗嘴,就是在这种大背景下发生的。"杩子盖"就是"马桶盖",这样的发型在那个时代是未成年的男孩子常有的。这个小厮抓住柳家的不像是从自家回来，有可能找"野老儿"去了的把柄，要挟柳家的偷些园子里的杏子给他吃。柳家的就抱怨自从实行了果木责任承包制，"一个个不像抓破了脸的"，管理上是严格了，心里头可全是钱了。柳家的点出小厮的舅母、姨娘都是揽到承包任务的，"这可是'仓老鼠和老鸹去借粮——守着的没有，飞着的有'"。小厮就揭其隐私——正活动着要让柳五儿分到怡红院去。柳家的奇怪他怎么"门儿清"，小厮就笑道："单是你们有内牵，难道我们就没有内牵不成？我虽在这里听哈，里头却也有两个姊妹成个体统的，什么事瞒了我们？"

留杩子盖头的小厮最后的话特别令人深思。中国直到如今还是一个血统裙带老关系熟面孔为人际重点的社会。人与人在社会游戏规则面前不能一律"陌生化"，执法办事对亲者宽疏者严，因此，再好的规则、再妙的设计，推行起来总是大打折扣。这问题怎么解决？恐怕是经济改革、政治进步必须与心灵教化相辅相成，对此应作持久不懈的努力。

《红楼梦》里的宠物

我们首先想到的会是潇湘馆的鹦哥（有的古本写作"莺哥"）。林黛玉和这个宠物的亲密关系，在第三十五回开头有一段非常细腻的描写。见黛玉回来，它会扑过去欢迎，并且招呼小丫鬟："雪雁，快掀帘子，姑娘来了。"黛玉虽然被它嘎的一声扑来吓了一跳，有所嗔怪，但仍以手扣架道："添了食水不曾？"那鹦哥竟长叹一声，大似黛玉素日吁嗟音韵，念起《葬花词》来。迎出的大丫鬟紫鹃和黛玉都笑了。黛玉又嘱咐紫鹃，把原来挂在廊子上的鹦哥架另挂在月洞窗外的钩上，于是进了屋子，在月洞窗内坐了。"吃毕药,只见窗外竹影映入纱来,满屋内阴阴翠润,几簟生凉。黛玉无可释闷,便隔着纱窗调逗鹦哥作戏,又将素日所喜的诗词也教与他念。"从这段描写里可以看出,黛玉的宠物鹦哥不是笼养而是架养,这一方面可能是因为它体型比较大,另一方面应该是黛玉希望给它相对自由的活动空间。

第二十三回写黛玉隔墙听曲,是《牡丹亭·惊梦》一折里的词句,虽然没有引出"可知我常一生儿爱好是天然"这句,但黛玉的心,与杜丽娘的心是完全相通的,这从她与宠物的关系上充分体现了出来。鹦哥毕竟是经人工驯化的商品性宠物,黛玉不仅养鹦哥,还容纳大自然里的大燕子。第二十七回,写到黛玉边往潇湘馆外走边嘱咐紫鹃:"把屋子收拾了,撂下一扇纱屉,看那大燕子回来,把帘子放了下来,拿狮子倚住;烧了香就把炉罩上。"显然,在黛玉的居住空间里有一个燕子窝,大燕子每天会出去觅食,衔回来喂小燕子,黛玉对燕子一家不仅不嫌不烦,还呵护备至。估计那燕子窝是在窗屉内正屋外的一个灰空间里面,正屋与那灰空间以软帘隔开。

《红楼梦》里出现得最多的宠物是禽鸟。第三回黛玉初进贾府，先到西边贾母的院落，进入垂花门，只见"两边穿山游廊，厢房挂着各色鹦鹉、画眉等鸟雀"。后来盖起大观园，怡红院里禽鸟更多。怡红院里的特色植物是蕉、棠两植，特色宠物则是第二十六回到访的贾芸看到的"那边有两只仙鹤在松树下剔翎"。当然也写到"一溜回廊上吊着各色笼子，各色仙禽异鸟"，但仙鹤显然是宝玉的最爱，他迁入怡红院后便写出《四季即事诗》，里面有两句都提到爱鹤："苔锁石纹容睡鹤""松影一庭惟见鹤"。后来第七十六回黛玉、湘云月下联诗，湘云咏出"寒塘渡鹤影"的谶语。周汝昌先生认为，鹤在书里是湘云的象征，曹雪芹《红楼梦》真本的最后情节里，有宝、湘终于遇合的情节，湘云到头来是宝玉的最爱。此说可供参考。当然，从前八十回书里，读者会感觉到，宝玉对所有的青春女性都崇拜、体贴。因此，对于怡红院里象征女性的禽鸟，书里设计得也最丰富，不仅有"仙禽（或可对应于黛玉）异鸟（或可对应于宝钗）"，更有可与一般大小丫鬟对应的普通品种。第三十回就写到下雨时，梨香院的小戏子宝官、玉官和袭人等玩笑："大家把沟堵了，水积在院内，把些绿头鸭、花𪁺鹇、彩鸳鸯，捉的捉，赶的赶，缝了翅膀，放在院内顽耍……"

在"会芳园试才题对额"一回（通行本回目为"大观园试才题对额"）中，贾政要宝玉为后来被称作稻香村的景区题名时，宝玉大发议论，强调"天然"。第三十六回，曹雪芹有意写下这样一幕：贾府戏班班主贾蔷为了讨好所喜欢的龄官，用一两八钱银子为她买了一只会串戏的雀儿"亮翅梧桐"，龄官不但不领情，还痛斥贾家花了银子买她们"关在这牢坑里学这个牢什子"，认为买这雀儿来在鸟笼里的戏台上乱串，衔鬼脸弄旗帜，"分明是弄了他来打趣形容我们"，令贾蔷十分难堪，只好拆了笼子放了雀儿。这固然是为了写宝玉"识分定情悟梨香院"，也令我们了解到曹雪芹的宠物观，那就是要尊重任何生命，崇尚自然，呵护弱小。贾府特别是大观园里也有些较大型的动物，第五十六回宝钗与探春计议在大观园里实施"承包制"时就提到，园子里养着"大小禽鸟鹿兔"。第二十六回的一个细节也值得注意：宝玉顺着沁芳溪看了一会儿金鱼，只见那边山坡上箭似的跑来两只小鹿，正纳闷，忽见贾兰在后面拿着一张小弓追了过来。宝玉毕竟是叔辈，贾兰只好站住，解释说是在"演习骑射"。这一笔当然是暗伏后来贾兰考取了武举，但宝玉说："把牙栽了，那时才不演呢。"在宝玉眼里，小鹿是不可伤害的，动物都是人类的朋友。他的这种"呆气"甚至声播于外，第三十五回曹雪芹有意通过傅家来问安的两个婆子的对话，点明宝玉是个"看见燕子，就和燕子说话；河里看见了鱼，就和鱼说话"的"情痴""情种"。

有红迷朋友和我讨论：贾府里养不养宠物猫和宠物狗呢？答案是肯定的。第五回写宝玉到宁国府，在秦可卿卧室午睡，安顿好一切后，"秦氏便吩咐小丫鬟们，好生在廊檐下看着猫儿狗儿打架"。可见宁国府宠物猫狗很多，荣国府应该也是如此。虽然《红楼梦》文本里没有对荣国府宠物猫的具体描写，但在"芦雪广争联即景诗"时，湘云"就地取材"，吟出"石楼闲睡鹤"的句子后，黛玉不甘落后，笑得握着胸口，也高声嚷道："锦罽暖亲猫。"可见影视剧《红楼梦》里安排王熙凤抱波斯猫，是合理的想象。

可惜因为"借阅者迷失"及更神秘的原因，我们现在只能看到前八十回（其实还不足）的原本。但跟曹雪芹同时代的一些人是看到过原本全稿的。有一位满洲贵族富察明义（字我斋），比曹雪芹小十几岁，在他的《绿烟琐窗集》里，有二十首《题红楼梦》诗，从组诗前小序里"曹子雪芹出所撰《红楼梦》一部……余见其钞本焉"的话推敲，他看到的应是从曹雪芹处辗转借到的一个全本。其中一首回忆书中的情节是："晚归薄醉帽颜欹，错认猧儿唤玉狸。忽向房内闻语笑，强来灯下一回嬉。"他看到了宝玉醉归，错把宠物巴儿狗当成宠物大白猫的有趣描写。可是现在无论哪种版本的《红楼梦》里都绝无这样的细节。要是能找到一本富察明义读过的手抄本，那该是多么惬意的事啊！

和硕淑慎公主

2009年,北京故宫博物院运送了不少珍贵文物到台北,在台北故宫博物院开雍正文物大展,其中有康熙传位雍正的诏书,以满汉两种文字写成,似为雍正继统有据的铁证,但早有清史专家指出,此诏书系雍正继位后制作,疑点颇多。不过历史由胜利者书写展示,即使那书写展示并不完全符合事实,但基本事实——谁赢谁输——总还是颠扑不破的。

雍正甫继位,就大施隆恩。其中包括封八阿哥允禩和十三阿哥允祥为亲王,废太子二阿哥允礽嫡子弘晳为郡王。允禩在康熙朝就是个争皇位的野心家，被康熙当众斥责过，雍正却将他的地位从多罗贝勒提升为廉亲王。雍正此举是为了封堵允禩的篡位野心。但允禩岂是省油的灯，他与九阿哥允禟勾结，继续觊觎大位。于是雍正果断地在两三年后将他们恶治，先革爵，再逐出宗室，这还不算，更进一步取消"人籍"，将允禩改名阿其那，允禟改名塞思黑，民间有谓分别是"狗""猪"之意，不过有专家根据满语满文细加考证，认为分别是"俎上冻鱼""讨人嫌"之谓。再后来，这两人相继猝死于禁所。不管怎么说，对允禩这样的政敌，雍正欲擒故纵先封亲王是招好棋。

至于将十三阿哥允祥封为亲王，则是雍正真的看重他。康熙曾在康熙三十八年（1699）和四十八年（1709）两次对年长之子封爵。第一次分封时允祥十三岁，未受分封不奇怪。但第二次分封时他已经二十三岁了，连比他小两岁的十四阿哥（当时叫胤祯，后被雍正改为允禵）也被封为了贝子，允祥却仍然未得分封，这就很奇怪了。但史家对这一情况分析阐释甚少。雍正一登基，立即将这位十三弟封为和硕怡亲王，并对他极其信任倚仗。其实十四阿哥允禵是雍正唯一的同母胞弟，康熙晚期朝野都看好他，认为他是康熙没有公布而实际上内定的皇储。康熙任命他为征西大将军，立下了赫赫战功。他在任上忽然得到康熙驾崩的消息，马不停蹄赶回京城，四阿哥竟已登上宝座，要他下跪臣服。开始他无论如何不肯承认这个事实，他们的母亲也向着他，坚决不肯让雍正把她"移宫"到紫禁城去享皇太后之尊，搞得雍正非常尴尬。那时十四阿哥是雍正最难对付的政治劲敌，血气方刚（比他小十岁），羽翼丰满，皇太后护着又不好动粗。于是雍正便将十三阿哥奉为臂膀，来维系政局。

十三阿哥怡亲王允祥与曹家有种特殊的关系。雍正二年（1724），雍正将江宁织造曹頫（若非曹雪芹父亲则是他叔叔）交与怡亲王"看管"。现在我们仍可看到雍正在曹頫的请安折上长达近三百字的朱批，其中有许多"怪话"值得推敲。如说"诸事听王子教导而行……不要乱跑门路，瞎费心思力量买祸受……因你们向来混帐风俗贯（惯）了，恐人指称朕意撞你……若有人恐吓讹诈你，不妨你就求问怡亲王……主意要拿定，少乱一点，坏朕声名，朕就要重重处分……"雍正的名声，怎么至于被曹頫那么个小角色"坏掉"？那令雍正不安的能"恐吓""讹诈"的人究竟是谁？又为什么非得把曹頫交给怡亲王看管？怡亲王看管的效果又究竟如何呢？那以后又足足过了四年，曹頫才终于被治罪，公开的罪状是"骚扰驿站"。那不能公开的罪状是什么呢？我们后人当然要重视官方正式档案，但尽信"官档"，可能就永远无法接近事件的真相。

我们现在看到的古本《红楼梦》（多称《石头记》），其中己卯本、庚辰本，据专家考证，母本就出自乾隆朝的怡王府，那时承袭这个王位的是乾隆的堂兄弟弘晓。曹雪芹晚年在北京西郊的固定居所，有专家认为是在白家疃，而白家疃正是怡亲王建造别墅的地方。

总之，雍正登基后所做的种种人事安排，无一不具有强烈的政治内涵。

有人注意到，雍正对康熙朝两立两废的太子允礽及其嫡子弘晳非常优待。废太子虽然仍按照康熙的意志软禁，没有行动自由，但丰其衣食，保障供给。弘晳则封为郡王——这倒并非雍正的恩典，乃是康熙逝前已定下的。

更有人特别指出，雍正继位不久，就将废太子的第六个女儿过继到了自己家，这是否昭显着雍正对侄女的慈爱呢？

大家都知道，自来有"满蒙一家亲"之说。早在关外征战、定鼎中原之前，满族上层与蒙古族上层就不断以通婚来巩固双方的政治联盟。定都北京后，康熙的二十个公主中就有七个下嫁蒙古王公。这虽然不好跟"和番"画等号，但从繁盛的京城嫁到相对艰苦的草原，更何况遇上什么丈夫自己完全不能把握，无论如何难称幸运、幸福。

康熙的这项将公主下嫁蒙古王公的传统政策，雍正当然乐于继承。但雍正登基时已经四十四岁，却只养大了一个女儿，下嫁蒙古王公的公主储备大为欠缺。于是，他立即补充了三位公主，也就是从兄弟那里过继来三位侄女。其中两位是他重用信赖的怡亲王的第四女（后称和硕和惠公主），以及庄亲王允禄的长女（后称和硕端柔公主），还有一位，就是废太子的第六女，也就是弘晳的六妹。

那么，废太子第六女被雍正收来作为公主，是否能证明废太子的女儿们都沐新皇之恩，属幸福之辈呢？

揆诸史料，可知这位和硕淑慎公主生于康熙四十七年（1708）正月初二，就在这一年九月，她父亲的太子身份被废掉，全家被圈禁，当时她只是个婴儿，全无记忆。只过了半年，她父亲就又戏剧性地被复立为太子。康熙五十一年（1712），她父亲再次被废，那时她四岁，也许会多少留下一些记忆。太子被废黜圈禁，他那一大家子人，他的正妻和许多侧室，以及这些女子生下的孩子，包括所有的男女仆役，一律也随之失去了自由。虽然康熙命令丰其衣食、保障供给，但谁会甘愿过那种禁锢的生活呢？能设法逃离的，一定不会放过任何机会。

设若废太子身边一位女子恰好在那时生下了一个女儿，尚未及到宗人府注册登记，于是其母设法将其运出禁所，托付给平日相与亲密的官宦人家藏匿起来，是有可能的。如果说太子一废时家中诸人万没想到，手足无措，那么二废前家中个别人应变有方，也是不奇怪的。现在我们虽然未能找到废太子家族成员设法逃出藏匿的例证，却可以从《清圣祖实录》第二百八十六卷里查到这样的记载：太子二废时，太子宫中有个叫得麟的人诈死，让人把自己当死尸运了出来，当时一位大学士嵩祝藏匿了他。当然后来事情败露，得麟处死，嵩祝被惩治。

雍正真的很同情他那被两立两废的哥哥吗？真的对这位倒霉的二哥的女儿充满慈爱吗？那位姑娘直到十四岁仍饱受禁锢之苦。她被雍正从禁所接出去后，雍正四年（1726），也就是她十七八岁的时候，就下嫁科尔沁博尔济吉特氏观音保，封为和硕淑慎公主。那位额驸观音保到雍正十三年（1735）二月就死了。那一年和硕淑慎公主才二十六七岁，从此守寡，直到乾隆四十九年（1784）九月初十去世，终年七十七岁。她一生的七十七年间，有十四年随父被幽禁，还有五十余年守寡。

偶然看到一档电视节目，作为嘉宾的一位学者谈及和硕淑慎公主，以谐谑的口吻问道："不知刘心武是否知道她？"言外之意是康熙朝废太子的女儿均可以此为例，毫无藏匿之必要。我知道和硕淑慎公主。抛开我从秦可卿入手研究《红楼梦》的特殊角度，单就这位公主的命运而言，我已感到宫廷政治的冷酷诡谲。如何评价雍正的统治非我力所能及，但若把雍正收养废太子之女视为慈行善举，恐怕是太小觑了他的政治权术吧。

见识狱神庙

　　研究《红楼梦》,一个不可或缺的方法就是进行田野考察。比如书里讲到明角灯。什么是明角灯?就是用羊犄角为原料做成的一种外壳透明的灯具。它是怎么制作的呢?有人说是用羊犄角熬成胶,再冷却为薄片,嵌装在框架上。其实,北京厂桥地区至今还有一条羊角灯胡同,那里在清朝曾集中着若干羊角灯作坊。四十几年前我在那附近一所中学任教,曾访问过当时已是耄耋老翁的制灯师傅,蒙他详告制作方法:用萝卜丝汤将精选的羊犄角煮软,然后用一组楦子撑大撑薄那羊犄角。最初用的楗子如同纺锤，最后的楗子则有如西瓜。制成的球形明角灯上下有口，但周遭无须框架。此外，像书里提到的腊油冻石、西府海棠、枫露茶究竟是怎样的事物，以及角色对话里出现的"黑母鸡一窝儿""前人撒土迷了后人眼"的含义，还有为什么不说"死去活来"而非说"七死八活"，等等，都是可以通过踏勘、寻访、采风、询老有所收获的。

曹雪芹绝对不曾与高鹗合作过。曹、高二人不认识、无来往，人生轨迹毫无重叠与交叉。高鹗续后四十回《红楼梦》，是在曹雪芹去世二十多年后。书商程伟元把大体是曹雪芹的八十回和高鹗的四十回合印成一百二十回的本子在社会上流布，那时曹雪芹谢世已近三十年。许多人以为曹雪芹没有把《红楼梦》写完，写到八十回就去世了，其实完全不是那么回事。曹雪芹是把《红楼梦》写完了的，从古本《红楼梦》署名脂砚斋、畸笏叟的大量批语可知。脂砚斋甚至把八十回后的一个完整的回目都引出来了："薛宝钗借词含讽谏　王熙凤知命强英雄"。曹雪芹同时代的富察明义所写的二十首

《题红楼梦》绝句，也说明他看到的是一个有"石归山下"最后大结局的本子。根据曹雪芹前面八十回里的伏笔、脂砚斋的批语，以及其他一些资料，我们是可以对曹雪芹八十回后的整体构思、情节发展、人物命运乃至某些细节、文句，做出探佚的。曹雪芹完成的书稿应该是一百零八回，第一回前有五条《凡例》，《凡例》最后有一首重要的诗；最后一回有"情榜"，榜中除贾宝玉外，分九组，每组十二钗，共开列出一百零八位女性。曹雪芹去世前，他的一百零八回书稿只差某些"部件"（诗词）尚待写好嵌入，全书还需统稿，剔除某些前后矛盾的"毛刺"。《红楼梦》本是无须别人续写的。曹雪芹写成的后二十八回书稿的迷失无踪，以及高鹗续书的出现，恐怕不是一件简单的事情，亟待深入探究。

古本《红楼梦》第二十回有署名畸笏叟的批语："茜雪至狱神庙方呈正文。"并说明是在狱神庙中"慰宝玉"。第二十六回又有署名畸笏叟的批语："狱神庙回有茜雪、红玉一大回文字，惜迷失无稿，叹叹！"这都是在透露曹雪芹的《红楼梦》后二十八回的内容。茜雪作为宝玉的丫鬟，在第七回出场，宝玉支使她去问候宝钗。到第八回，就发生了"枫露茶事件"，导致她无辜被撵。从那以后一直到前八十回结束，茜雪都没再出现。但曹雪芹是惯常草蛇灰线，伏延千里的，这个角色到八十回后，贾家败落，宝玉入狱，又再出现，而且在狱神庙那一回还"呈正文"，就是说那一回里，茜雪会成为主角。这是曹雪芹全书布局的一大特点。比如迎春、惜春，在前七十回一路当配角，但是到了第七十三回"懦小姐不问累金凤"，迎春"方呈正文"，而第七十四回"矢孤介杜绝宁国府"，惜春"方呈正文"。在八十回后的某一回，茜雪"方呈正文"，这一回故事发生在狱神庙，"狱神庙"三个字也一定是入了回目的。

狱神庙是什么地方？监狱里会有神庙吗？供奉的又是什么神祇呢？

我一直想在北京找到清代狱神庙的遗迹，始终不能如愿。2006年10月，我到了河南省南阳市内乡县，那里有一座保存得相当完整的清代县衙，这是我早就听说，也极想参观的。到了以后，发现那县衙果然"五脏俱全"，与北京紫禁城并称"北有龙头，南有龙尾"，也确实有其道理——是与清代最高权力运作中心配套的基层权力运作中心的完整标本。它的仪门西侧有一偏院，院门两侧有狴犴的浮雕。狴犴是古代监狱的图腾，让人见之悚然生畏。这就是所谓的"南监"。于是我马上想到：既有监狱，里面会不会有狱神庙呢？走进去细看，呀，果然有狱神庙！这可是清代的原物啊！曹雪芹笔下的狱神庙应该大体上就是这个样子。

南监外院坐北朝南，是小小的庙堂。东西厢房都不大，是狱卒室。这一组建筑构成了监狱的前院。院南两个鬼门之间的墙根下有口水井，井口出奇的小，就是最瘦弱的囚犯想投井，也难把脑袋身子塞进去。鬼门里分别是男监、女监，以及阴森恐怖的刑讯室。

我细考察狱神庙。虽然经过翻修，塑像、壁画全是近二十年来新补的，但大体上还是反映出了当年的格局氛围。所供奉的狱神右手捋须,神态慈祥,原来是传说中的舜时良臣皋陶。皋陶应该是我们中华民族的司法之祖,那时民风淳朴,侵犯他人的罪人很少,皋陶对判决为有罪的人实行人身限制,方法很简单:在地上用树枝画一个圆圈,把罪人送入其中,在规定的时间内不许其越出圆圈。这就是"画地为牢"。但是,随着社会财富的增加,以及人性深处的各种复杂因素的上旋,损害他人和群体的罪人增多了,手法也越来越狡猾歹毒,对他们画地为牢不管用,于是产生了高墙严守的监狱。监狱的产生及其流变是一门很深的学问,这里不去探讨。我感兴趣的是,在吏治那么腐败、司法那么黑暗的封建社会里,监狱里竟然还存在着这样一个小小的空间,无论是初入狱的,还是待判决、已判决,乃至即将被转移和处决的犯人,都还允许他们到这个小小的空间里(一般是在朔日和望日,也就是阴历初一和十五),暂时超越人间的司法权力,去与一位蔼然可亲的狱神进行心灵交流,祈求他能保佑自己,逢凶化吉,或者能沉冤昭雪、无罪开释；或者虽然罪有应得，也祈盼能够少受酷刑折磨、得到宽恕轻判；纵使被判死刑，也还总能在狱神前求个来生的保障。

狱神庙是个具有特殊心灵感应的神秘空间。曹雪芹在《红楼梦》的后二十八回里会写到这个空间。贾宝玉曾经那样粗暴地对待茜雪，致使她无辜被撵。贵族府第的丫鬟最怕的就是被撵，那一是等于被钉在了耻辱柱上（金钏就因此跳井"烈死"），二是会被转卖或"拉出去配小子"，完全不能掌握自己的命运，面临经济上、生活品质上的全面沦落。金钏、坠儿、司棋乃至晴雯的被撵，终究还是因为她们自身有"茬儿"，但茜雪没有任何"茬儿"，仅仅是因为宝玉当时喝醉了耍贵公子脾气。当然，宝玉连嚷"撵出去"，要撵出去的本是他的奶妈李嬷嬷，但那时他和贾母住在一起，惊动了贾母，最后迁怒茜雪，致使茜雪含冤被撵。宝玉从那以后，显然已经把茜雪完全忘怀。但是，"盛席华筵终散场"，贾府忽喇喇大厦倾，树倒猢狲散，家亡人散各奔腾，以前有意无意得罪过的，有的就会

"冤冤相报实非轻",比如第九回闹学堂吃了亏的金荣,就会对入狱的宝玉羞辱称快。而就在宝玉陷于人生最低谷时,忽然茜雪出现在狱神庙中,不是来报复,而是不计前嫌,来安慰救助的。曹雪芹无论是写人性深处的黑暗,还是写人性深处放射出的善美之光,都能力透纸背,不能不令我们叹服。

　　见识了内乡县衙的狱神庙,对于进一步探佚曹雪芹真本《红楼梦》的后二十八回意义非凡。我还打算就《红楼梦》里的内容进行更多的田野考察。

门礼茯苓霜

茯苓是跟灵芝在植物学分类上同纲同属的菌类植物,多寄生在赤松或马尾松的根部。将茯苓采下焙干研磨,制成白霜般的补品,就是茯苓霜。据说寄生于千年老松根上的茯苓最补人,用其制成的茯苓霜也最昂贵。

《红楼梦》第六十回里写到粤东官员到京城荣国府想谒见贾政,带了三篓茯苓霜,一篓明言是送给门房的门礼,以便由他们把自己的名刺和另两篓献给贾政的茯苓霜递进去。这位粤东官员来拜见时,贾政并不在京,皇帝派他外差,一直在外忙碌。对此这位粤东官员应该是知道的，但他既到京，荣国府府主即使不在，他也还是要来礼貌一番。可见贾政虽然并没有他哥哥贾赦那样封到爵位，但皇帝恩赐的工部员外郎的官职，还应算作肥缺，尤其是招揽工程的地方官员，孝敬京都的工部员外郎的确属于必修的功课。

粤东官员带三篓茯苓霜到贾府，为把自己来谒见的信息传递到里面，留待贾政知悉，居然将一整篓茯苓霜作为门礼，可见荣国府的大门二门是多么森严，人轻易不能进去，就是给你传个信儿留点痕迹，也必须"水过地皮湿"。

第六回写刘姥姥从乡下来到荣国府门外，见到的还不是大门的门房，不过只是看守角门的，"只见几个挺胸叠肚、指手画脚的人，坐在大板凳上，说东谈西呢"，好不神气！他们对蹭上去说话的刘姥姥眼皮也不夹，视若尘土。角门的门房尚且如此，大门门房的气概又该如何？更深一层的二门门房岂不更加如狼似虎？

《红楼梦》第五十八回到六十二回开头，用细腻的笔触描绘了大观园里底层人物的生存状态。当然这"底层"只是相对而言。他们在荣国府属于底层，就整个社会而言，他们还远不是底层。在大观园里管内厨房的厨头柳嫂子，为了把自己的女儿柳五儿送进怡红院当差，跟晴雯、芳官等交好。有一种名贵的贡品玫瑰露，荣国府得了一些。其实荣国府也是皇家的一个大门房，那玫瑰露也是一种门礼。玫瑰露原放在王夫人屋里，她当然会拿一些给宝玉享用，宝玉则又让丫鬟们分享，连芳官也可以问宝玉讨要，去赠给柳嫂子、柳五儿。柳嫂子得到小半瓶后，除了留给柳五儿吃，又倒出半盏给她正患热病的侄儿，于是，本应是皇家专享的物品，也就来到了寻常百姓家里。柳五儿劝她妈省些事不要扩散，柳嫂子就宣布了自己的信条："那里怕起这些来，还了得了。我们辛辛苦苦的，里头赚些东西也是应当的。"

到了哥哥家，侄儿用现汲的井水沏了一碗喝，顿时心头一畅，头目清凉。妹妹投桃，哥嫂报李，曹雪芹写得很有意思。原来柳嫂子的哥哥恰是荣国府门上该班的,那粤东官员的门礼茯苓霜,他分到一大包,于是他媳妇匀出一小包,给了柳家的。那茯苓霜第一种吃法是用人奶合了吃,第二种吃法是用牛奶送,第三种则是用滚水冲饮,据说大补,正合素有弱症的柳五儿享用。

《红楼梦》第六十回的回目是"茉莉粉替去蔷薇硝　玫瑰露引来茯苓霜"。用四种物品生发出矛盾冲突,造成人物命运的跌宕歌哭,真是巧妙之极。茉莉粉和蔷薇硝都是具有药用价值的化妆品,玫瑰露和茯苓霜则是号称有医疗养生效用的高级休闲食品。柳五儿因芳官赠来玫瑰露,于是决定感恩报答,遂把从舅舅家得来的茯苓霜又匀出一小包,趁黄昏人稀,花遮柳隐地摸进大观园,来到怡红院外,遇到小丫鬟春燕,就托她将茯苓霜转交芳官。当时柳五儿还属于"待分配"状态,是没资格进入大观园深处的。结果,她返回厨房时恰遇上管家婆林之孝家的带人巡查,一盘问,她心慌语乱,于是被当作嫌犯监禁了起来,更连累到她母亲。厨房遭到搜检,一小瓶玫瑰露和一包茯苓霜俱被发现。林之孝家的自己手里早有"人力资源"储备,就是秦显家的,于是做主罢免了柳嫂子,任命了新厨头。

这段关于大观园厨房控制权的争夺战写得十分精彩。在情节的流动中,涉及柳嫂子的门房哥哥,揭示出收取门礼的风俗,细细一笔,将世道人心戳破穿透,十分发人深省。如今已是《红楼梦》所描绘的时代的二百多年之后,我们扪心自问:门礼恶俗,究竟是否已经绝迹?

宝官和玉官

金陵十二钗究竟有几组?第五回宝玉在太虚幻境偷看册页,明写出至少有三组,分别载入正册、副册、又副册。周汝昌先生考证出,在八十回后曹雪芹佚稿最后一回,即一百零八回,有一个"情榜",宝玉作为绛洞花王单列,然后是九组十二金钗,也就是说,正册、副册、又副册后还应有三副册、四副册……直至八副册。那么,除了曹雪芹明写出的正册十二钗外,另外各册里都是哪些女性呢?历来众说纷纭。我以为其中一册是"金陵十二官",当无疑义。

贾家为了元妃省亲，除了大兴土木建造大观园这个"硬件"外，还配备了小戏子、小尼姑、小道姑等"软件"。十二官就是派贾蔷到姑苏去采买回来的一群小姑娘，带回荣国府后安置在梨香院，派教习培训，到元妃省亲时，她们一个个歌欺裂石之音，舞有天魔之态，虽是妆演的形容，却作尽悲欢情状，大得元妃表扬赏赐。后来她们留在府里随时应召表演。

故事发展到第五十五回后，书里交代说宫里有位太妃先是病重后来薨逝，朝廷不许官宦人家演戏了，而元妃的下次省亲又杳无盼头，于是贾府就遣散了梨香院戏班，戏子们可由其家长领走，也可自愿留下。结果留下了八官，都分配到各处去当丫鬟，文官归了贾母；尤氏当时协理荣国府，要了茄官；芳官去了怡红院，藕官去了潇湘馆，蕊官去了蘅芜苑，艾官去了秋爽斋；此外湘云得了葵官，宝琴得了豆官。那么，不愿留下走掉的是哪几官呢？没有明确交代，却不难推敲。首先，药官死了。书里戏份很重的龄官——她是上过回目的，而且与戏班主贾蔷的爱情曾使宝玉顿悟"人生情缘,各有分定"——没有留下当丫鬟,势在必然,贾蔷一定会设法把她接出妥善安排。并且,她与贾蔷在曹雪芹的八十回后,一定还会有戏。

书里前面出现过,却在遣散戏班后不见踪影的,还有宝官和玉官。

宝官和玉官曾出现在怡红院里。第三十回,宝玉偶遇龄官画蔷后,忽然一阵雨来,慌忙跑回怡红院,却发现大门栓住,连敲不开,不禁怒火中烧。袭人后来听见跑去开门,宝玉也不管来的是谁,踢去一记窝心脚。事态是怎样酿成的呢?书里交代:"原来明日是端阳节,那文官等十二个女子都放了学,进园来各处顽耍。可巧小生宝官、正旦玉官两个女孩子,正在怡红院和袭人玩笑,被大雨阻住。大家把沟堵了,水积在院内,把些绿头鸭、花鹨鹅、彩鸳鸯,捉的捉,赶的赶,缝了翅膀,放在院内顽耍,将院门关了。袭人等都在游廊上嘻笑。"

宝官和玉官玩耍起来很有创意。她们似乎跟宝玉和怡红院的人走得最近。那时候芳官跟宝玉和怡红院的人似乎还不大相熟。第三十六回宝玉跑到梨香院，想让龄官给他唱《牡丹亭》里的曲子，进门首先遇到的就是宝官和玉官，她们笑嘻嘻地给宝玉让座。宝玉进屋求龄官唱曲，被龄官冷峻拒绝，宝玉从未如此这般被女孩子弃厌，讪讪地红了脸退出，又是宝官、玉官迎上他，问其所以，给他解释龄官为何如此。直到贾蔷出现，宝玉目睹了龄官与贾蔷的互爱情深，才恍然大悟那回龄官为何在蔷薇花架下痴迷地一再画出"蔷"字……

金陵十二官在书里都不是影子人物，有的戏份很重，如芳官、龄官。其余的如藕官为菂官亡灵烧纸；芳官遭赵姨娘茶毒时，藕、蕊、葵、豆四官冲进怡红院，一个顶住赵姨娘前胸，一个抵住她后腰，另两个拉住她左右手，声援芳官，大喊大闹；艾官则在探春前告发夏婆子对赵姨娘的挑唆……这十二官，官官都不是省油的灯！

据书里交代，十二官以文官为首。第五十四回荣国府大闹元宵，贾母让十二官为亲戚薛姨妈、李婶娘献唱,说她们"都是有戏的人家",意思是什么好的全都看过听过,于是"少不得弄个新样儿的,叫芳官唱一出《寻梦》,只提琴至管箫合,笙笛一概不用"。这时候文官有句很经典的话:"这也是的,我们的戏自然不能入姨太太和亲家太太、姑娘们的眼,不过听我们一个发脱口齿,再听一个喉咙罢了。"

宝官和玉官当然也都是具有发脱口齿、脆甜喉咙的戏子。她们没有留在贾府,想是被其父母或兄长接走了。她们后来的命运如何呢?令人挂念。另外,总在一起活动的宝官、玉官的命名,为什么恰与宝玉犯重?这和第二十八回里的妓女偏叫云儿,与史湘云犯重一样引人思索,是否有什么影射蕴含其中?

莲花儿眼尖

迎春房里的丫鬟,司棋排头位,其次是绣橘,她们在书里戏份都不少,一般读者都记得她们。尤其是司棋,她大胆与表弟潘又安恋爱,私通音信,交换信物,更干脆买通看门婆子张妈把情人引入大观园,月夜里在大桂树下山石旁同享云雨之乐,事发后当着凤姐等的面,居然并无畏惧惭愧之意。高鹗续书把她的结局设计成殉情触柱而亡,应与曹雪芹原来构思相近。但是,迎春房里的小丫鬟莲花儿也有戏份,却往往被一些读者忽略。

细读《红楼梦》,乐趣无穷。我少年时期就对

《红楼梦》读得很细,倒并不是受到红学家影响,那时也无"文本细读"的理论出现,我的细读,引导者是我的母亲。比如,母亲会说:哦,王善保家的跟秦显家的,是亲戚啊。我曾把这一点告诉宗璞大姐,她吃惊:这两个人能是亲戚吗?一般人都会记得,王善保家的是邢夫人的陪房,而秦显家的,是大观园南角子上夜的,她一度被荣国府的管家婆林之孝家的封为内厨房厨头,取代了柳嫂子,没想到才高兴了不到半天,就又被"判冤决狱"的平儿"原封退还",得到平反的柳嫂子重回内厨房主政。平儿的"人力资源库"里没有秦显家的,林之孝家的告诉她已经先斩后奏委派了秦显家的,平儿表示:"秦显的女人是谁?我不大相熟。"王夫人房里的大丫鬟玉钏提醒她:秦显家的是司棋的婶娘。司棋的父母虽然是大老爷贾赦那边的,其叔婶却在二老爷贾政这边当差——这说明秦显和他哥哥两家全是荣国府的世奴。后来抄捡大观园的时候,书里又交代,王善保家的是司棋的外祖母。我们细想一下,王善保家一个女儿嫁给了一位姓秦的男仆,生下了司棋；这位男仆的弟弟叫秦显，那么，秦显的女人难道不是王善保家的一位亲戚吗？当然，她们互相怎么称呼是个难题。按北方延续至今的习俗，或者秦显家的就随司棋唤王善保家的姥娘，王善保家的或者就称其为显子媳妇。

司棋一直想除掉柳家的，夺到内厨房的控制权，为此她一再给柳家的出难题。而柳家的仗恃跟怡红院的人交好，也并不把迎春处的人看在眼里。司棋派莲花儿去跟柳家的说，要一碗炖得嫩嫩的鸡蛋。"嫩嫩的"这标准很难把握，无论你怎么细心，炖出的鸡蛋还是会被埋怨"炖老了"。柳家的知道来者不善，就长篇大套地叨唠鸡蛋匮缺恕不伺候，莲花儿不仅动嘴更动手，从菜柜里发现了十来个鸡蛋，发出极难听的指责："又不是你下的蛋，怕人吃了。"对吵中，莲花儿更揭发柳家的讨好怡红院晴雯的丑态，柳家的越发恼羞成怒。莲花儿回到迎春房里，把在厨房的遭遇告诉司棋，司棋怒从心头起，恶向胆边生，率领两个小丫头子冲进厨房，发布了动手命令："凡箱柜所有的菜蔬，只管丢出来喂狗，大家赚不成。"在曹雪芹笔下，司棋在情欲上的大胆、婚姻追求上的自主执着，与她在争夺内厨房控制权上的跋扈嚣张，融为一个可信的艺术形象。

脂砚斋说曹雪芹的文笔"细如牛毛"，例证太多。柳五儿被当作嫌犯监禁后，林之孝家的说起王夫人屋里丢了一罐玫瑰露，围观的婆子丫鬟里恰有莲花儿，她听见了忙说"今儿我倒看见一个露瓶子"——她在厨房里翻查有无鸡蛋，她眼尖，看见了橱柜里柳家的从芳官那里得来的小半瓶玫瑰露。当时因为兴奋点不在玫瑰露上，也没特别在意，晚上听见林之孝家的提起，便带领巡查一行到厨房里，立马取出露瓶子作为贼赃，而且又进一步发现了一包茯苓霜，使柳家的和柳五儿更加有口难辩，面临各被打四十大板，母亲撵出去永不许再进二门，女儿则交到庄子上或卖或配人那样恐怖的命运。

后来由于宝玉出面"顶缸"，掩饰了真正的窃贼，平儿判冤决狱，为柳氏母女平反，大事化小，小事化了。已经夺到手的厨房,竟又权归柳家的,司棋气了个倒仰,莲花儿想必也悻悻然。在曹雪芹笔下,迎春是最懦弱的,但偏她房里的大丫鬟司棋也好,小丫鬟莲花儿也好,强悍,甚至凶悍,这种主奴性格大反差的设计实在有趣,也意味无穷。

北院里大太太

北院里大太太指邢夫人。《红楼梦》第七十五回，写到尤氏从荣国府回到宁国府，隔窗偷看偷听贾珍和其狐朋狗友聚赌寻欢的情景，其中邢德全的丑态最为不堪，尤氏悄悄向身边的大丫鬟银蝶说："这是北院里大太太的兄弟抱怨他呢。"现存古本《红楼梦》里，"北院里"又有写作"北远里"的，总之都明明白白地写出了"北"这个方位来。

细读《红楼梦》（从古本到现今通行本），读者都会在头脑里大体勾勒出对荣宁二府及贾赦住处的方位概念：宁府居东，荣府居西，贾赦呢，他住在与荣府一墙之隔的另一黑油门的宅第中；荣宁二府前面是荣宁街，二府之间原有夹道，属于贾氏私地，为元妃省亲，把夹道取消，将荣府和贾赦宅以及宁府中原有的花园合并扩大，建造了大观园。书里多次写到荣宁二府以及贾赦宅里院落屋宇的具体情况，前后基本上合榫，可见曹雪芹在写这部小说时是"胸有成屋"的。

书里西边荣国府的人提起宁国府，称"东府"。宁东荣西赦中间，这应是书里贾氏两府的空间布局。但第七十五回尤氏偏称邢夫人为"北院里大太太"，这该怎么解释？

现为台湾东海大学教授的关华山先生，早在三十年前就以《〈红楼梦〉中的建筑与园林》为题撰写了硕士论文，后在台湾正式出版，2008年天津百花文艺出版社将这部资料甚丰、论述甚细的著作提供给了我们，相信红迷朋友们读来都会兴味盎然。关华山梳理出了《红楼梦》中荣宁二府的建筑布局的现实性以及大观园这个"文笔园林"的虚拟性，指出前者体现出儒家的重秩序、后者体现出道家的循自然，且以几何形态来赋予不同的象征意义，即宅方而园圆。其中也对贾赦宅进行了研究，认为书中关于其"黑油大门"的交代，符合《明会典》中三品官阶宅第的营造规定（清朝大体承袭明制）。我对关先生的研究非常佩服。但尤氏何以称邢夫人为"北院里大太太"，我对他的解释却不能苟同："以'北院'称贾赦院，似无方位的实质理由，只是习惯的称谓，以别东、西院及下人的南院吧。"

《红楼梦》是一部"真事隐"后"假语存"的奇书，将其视为全盘虚构或报告文学都是不对的。作者的写作从"真事"入手，也就是说不仅绝大部分人物有生活原型，就是荣宁二府和贾赦宅第也都有空间原型，但升华为小说文本以后，却又在不同程度上掺进了"假语"。现代文学创作有"典型论"一说，就是作者将生活中的实际素材加以艺术想象，虚构形成的"典型环境"与"典型人物"就成为独立的审美对象了，一般读者欣赏"典型"就可以了，不必往原型去探究。可是曹雪芹的写作却并非如此（他生活的时代还没有"典型论"的美学理论），他恰恰是希望审美者能既从"假语"里获得"离真"的意趣，也能从"假语"里窥见作者"存真"的苦心，所以他才感叹："满纸荒唐言，一把辛酸泪。都云作者痴，谁解其中味？"我们读《红楼梦》，也需"痴"，也就是孜孜不倦地去探究那些隐藏在"假语"中的"真事"，才能品出这部奇书的厚味。

荣宁二府的原型，我服膺周汝昌先生的考据。简而言之，其原型应是雍正朝败落的某阿哥的宅第，乾隆朝初期曹𫖯恢复内务府职务后带领包括曹雪芹在内的全家从蒜市口"十七间半"小宅移入借住过（当时府主为谁待考）。后来，何珅在那基础上营造府第，到清末则由恭亲王奕䜣改建享用。大观园的夸张想象，应该是以那个宅第的花园为"原点"展开的。从人物原型的关系上说，贾赦与贾政的原型确是亲兄弟，但贾赦的原型并没有一起过继给贾母的原型，所以书里尽管把赦、政写成同为贾母所生，赦作为袭爵的长子却离母另住。尤氏也是有原型的，她那句称邢夫人为"北院里大太太"的话,应该是生活中的原话。为什么赦宅是"北院"?一种解释是,贾赦原型的居所本不在荣国府东侧隔壁,而是在北边街区;另一种解释是,宁国府原型的空间位置,并不与荣国府齐平,也就是说荣宁街是由西北朝东南斜置的(现在恭王府所在的三座桥街就如此歪斜),因此现实生活中,东府的人就把偏西北的宅第里的福晋称作"北院里大太太"。

这是《红楼梦》"假语"中"存真"的一例。

阿其那之妻

雍正登上帝位后,把政敌一个个铲除。他的八弟允禩,在康熙朝两废太子之后,曾经露骨地觊觎太子之位。雍正登基之初,故意提升允禩的地位,但很快就抓住把柄加以惩治,先削爵,再革出皇族降为庶人,这样觉得还不解恨,就让人叫允禩"阿其那"。民间传说,阿其那是狗的意思。但清史专家据满语考证,含义应是"俎上冻鱼"。已经贬得连人都不是了,严加圈禁,雍正还是觉得留着终究是个祸患,于是把他毒死了。九弟允禟,雍正斥他为"痴肥臃肿矫诬妄作狂悖下贱无耻之人",也是先削爵，再逐出皇族废为庶人，再让人叫他"塞思黑"。民间传说，塞思黑是猪的意思。也是专家考证出，其准确的含义是"讨人嫌"。允禟被安置到大同管制，最后也被毒死了。雍正对三哥允祉和与他同母的十四弟允禵也进行了无情打击。当年康熙给儿子们取名全用一个"胤"字，雍正名胤禛，十四阿哥名胤禎，两个人的名字字形和字音都非常接近。康熙大概是觉得二人既为一母所生，这样命名可以显得更亲密一点。没想到他驾崩以后，这嫡亲的哥儿俩在权力斗争中撕破了脸。雍正当然占据了上风，不仅让胤禎和别的兄弟一样，不许再使用他专享的"胤"字，而且连"禎"这个字也不让他用了，改为允禵。

八阿哥允禩大概从容貌到才能都确实比较突出，而且很会笼络人心，早年也颇受康熙青睐。二阿哥允礽因为是皇后所生，自幼立为太子，康熙对他精心培养，甚至在亲征时让他代理朝政。但是康熙长寿，太子接班心切，皇帝与皇储之间终于爆发了冲突。经过两立两废，康熙心力交瘁，但他还是请权贵朝臣议立新太子。其实在这个问题上,康熙不可能听取任何人的建议,不过是故作姿态的测试,没想到最后权贵朝臣几乎一致推举了胤禩。这还了得!这样的结果,第一说明那些臣属互相串联自以为是,第二说明允禩心思不正暗中活动。于是康熙大怒,不但直到临终也没有再立储君,而且对八阿哥深为厌恶。

康熙一生生育了三十五个儿子、二十个女儿,儿子里有二十四个养到了八岁以上并予以排序,大阿哥和二十四阿哥相差四十一岁。康熙在世时,前面十几个儿子都已经娶妻生子。当然这些阿哥都不止一个老婆,但正妻只有一位,称嫡福晋(或写作福金,是满语音译)。尽管康熙日理万机,国务繁冗,但是他仍有精力关注每位阿哥各方面的情况。他后来对允禩的恶感,也波及了允禩的嫡福晋郭络罗氏。在《清圣祖实录》第二百三十五卷中,记载着康熙对允禩家庭状况的评议,说允禩"素受制于妻"。

在清代官方档案里,皇阿哥之妻鲜有被记述

者,但允禩这位妻子却几次被记载,甚至被描述。康熙让大儒何焯教导允禩,师生对谈时,允禩的嫡福晋从屋门外走过,她不仅朝里面窥视,而且,可能是觉得何焯的酸腐神态腔调很滑稽,就纵声大笑,其洪亮的笑声甚至传到了院外,当时和事后允禩都没有对她的行为有所指责。虽说满洲八旗妇女在生活习俗上一贯较汉族妇女少些约束,比如保持天足,在家族事务里发言权略大,但如此放肆的做派,还是绝对不允许的。雍正登基后,先故作姿态,让允禩入阁襄理政务,嫡福晋娘家人来表示祝贺,她居然把对雍正的质疑大声说了出来:"道什么喜?还不知道以后什么时候掉脑袋哩!"果然很快允禩就遭到一连串打击。夫妇均被废为庶人后,她竟对监视的太监说:"原来我每餐只吃一碗饭,今天你再给我加上两碗,我死了不是全尸也没关系,吃到那天再说!"雍正知道后即勒令她自尽,死后"散骨以伏其辜"。她死了以后允禩才被叫作阿其那,但我们也无妨称她为阿其那之妻。

  曹雪芹的祖父、伯父、父亲,生时都与允禩、允禵交好。雍正下令查抄曹家，负责查抄的官员后来专门报奏，从曹家家庙里抄出了一对高大的金狮子，那本是皇帝才能享用的，曹頫供认是代允禵藏匿的。曹頫大难不死，到乾隆朝初年又回到内务府当差，那时候曹雪芹已具备写作能力，在家族的私密交谈里，曹雪芹应该从父母那里听到过关于阿其那之妻的事情，这也许对他创作《红楼梦》、塑造王熙凤那样的艺术形象有所帮助。想想王熙凤的言谈做派："普天下的人，我不笑话就罢……""他是哪吒，我也要见一见，别放你娘的屁了，再不带去，看给你一顿好嘴巴子！"这个角色应该是以曹氏家族的某一女性为原型，但作为一个艺术典型，里头是否也多少含有阿其那之妻的元素呢？

茶搭子·热水瓶·饮水机

北京西直门外的动物园，乾隆中期叫作环溪别墅，后来被称作"三贝子花园"。清代皇帝给皇族男子封爵，有亲王、郡王、贝勒、贝子四等，那地方曾归一位排行第三的贝子所有。那位三贝子死后，这片花园一度为富察明义所有。这位字我斋的明义，看到过一部来源于曹雪芹的《红楼梦》，写下了二十首题咏，收入自己编的《绿烟琐窗集》，非常值得研究。跟正儿八经的贵族园林相比，这花园里建筑不多，人工雕琢的处所也少，野景为主，野趣迷人。晚清时，此地先成为"农事实验场"，引进了一些外国植物。后来，又在其东部成立了"万牲园"，从国外买进了一批动物，乘海轮先运到塘沽，再运进北京。新中国成立后，动物园增添了许多珍奇动物，但大体还保持着"东动西植"的格局。

清代对皇族的分封，如果要说详细一点，顺治六年（1649）厘定了十二等：和硕亲王、多罗郡王、多罗贝勒、固山贝子、奉恩镇国公、奉恩辅国公、不入八分镇国公、不入八分辅国公、镇国将军、辅国将军、奉国将军、奉恩将军。据清末皇裔溥杰著文，他所知道的"入八分"与"不入八分"的区别，只在辅国公一级。"和硕"是满语音译，"一方"之意；"多罗""固山"则分别是满语"一角""旗"之意。"一方"大于"一角"，更大于"旗"。分封这些爵位，大体有"功封""恩封"之别，"功封"可以"世袭罔替"，"恩封"则要代代递降。当然，皇帝（晚清同光时期则主要是皇太后）根据自己的利益，可以随时降削或提升这些皇族人员的爵位。

最有意思的是公爵那"入八分"与"不入八分"之别。"八分"指的是八种特殊待遇：坐的车可以是"朱轮"；骑的马可以用"紫缰"；帽子上使用比珊瑚顶更高档的宝石顶；帽子上还配戴双眼花翎；可以使用牛角灯；可以使用茶搭子；马上可以使用坐褥；府邸大门上可以装饰大铜钉。其中第六项殊荣——茶搭子是什么东西？是盛热水用的，类似于现代的热水瓶。是否可以使用保温茶水的器皿，在清代居然是区分公爵等级的重要标志之一。

入八分公爵使用的茶搭子究竟什么模样？我一直很想知道，也询问过若干人士，但始终不得要领。据我的想象，应该就是一种用保温材料紧紧包裹住的茶壶。我的少年时代，虽然那时候热水瓶已经非常流行，但我家和一些亲友、邻居家里，仍有给大瓷茶壶穿上贴身棉衣的习俗。记忆里，从那棉裹茶壶里倒出的茶水，温而不烫，十分适口。《红楼梦》里写到，冬夜宝玉在露天方便后，来到花厅后廊，丫鬟秋纹伺候宝玉洗手，嫌小丫鬟捧着的沐盆里的热水已经变凉，可巧一个婆子提着一壶滚水走来，那本是准备给贾母泡茶用的，秋纹仗势压人，说"我管把老太太茶吊子倒了洗手"。那婆子先不给，后来看清是宝玉跟前的人，忙提起壶来往小丫鬟捧的沐盆里兑热水。那水壶从灌进滚水的地方穿越若许空间提到贾母屋里，如无保温层，必定变凉，估计就是茶搭子一类的器皿。小说里的荣国公，读者可以想象属于入八分之列。当然，小说故事开始后，贾赦已降袭为一等将军，荣国府的府主贾政则并无爵位，当然也就不能公然使用茶搭子了。但将那东西加以变通，比如改变一下体积、形态、色彩，随时享受热水供应，也就不能算是僭越了。

二十世纪六十年代，在什刹海附近一家街道工厂里，一位工人指着糊纸盒的垫子跟我说："这是用当年茶搭子壳儿剪开铺上的。"我用手捻了捻，感觉很古怪，不像棉花胎、丝绵胎，类似帆布却又有些稀糟。那时距清朝覆灭不过半个世纪出头，如果从1924年溥仪被驱赶出紫禁城、众清贵族败落云散算起，则不过三十多年，但那曾给入八分公爵家族带来荣耀骄傲的茶搭子,却已经沦为历史脚步的践垫。人间正道是沧桑,信然!

直到二十年前,热水瓶还是中国人生活的必需品。我结婚的时候,收到的礼物里就有好几个热水瓶。一度流行彩印铁皮壳的;朴素一点的,外壳是竹木的或塑料的;更节俭的一种是铁条编就有漏孔涂以蓝漆的;如今的则多半是不锈钢外壳。一位同龄人跟我说,他回忆往事,会从陆续使用过的热水瓶引入,伴随着对一个个热水瓶牵出的昔日生活片段的回忆,平凡人生里那些唯有自知的喜怒哀乐、离聚歌哭,便会涌汇心头,感慨万千。

热水瓶也正在退出许多年轻的中国人的日常生活,越来越多的新式住宅里只有桶装水饮水机而没有热水瓶。那天我到老朋友家去,无意中说了句"热水瓶",他那小孙子就好奇地眨巴着眼问:"什么是热水瓶呀?"我从那稚嫩的腔调里,竟感受到一种历史的足音。

净饿

我现在很少参与饭局,那天偶然应约而去,上菜之前,忽见一位仁兄掏出一套注射器,当着大家的面,若无其事地撩开上衣,给自己往肚子上扎针,不禁叹为观止。旁边一位熟人遂附耳说,你莫少见多怪,现在此类做法颇为流行,是注射胰岛素呢,得了糖尿病,又不愿放弃口福……进餐时,那位肚子上扎过针的仁兄果然百无禁忌,吃得稀里呼噜。生命属于各自,我没有干预他人生活方式的权力,但回到家里想到饭局上的镜头,还是不免暗中訾议。

如今人们不仅普遍得以温饱，城镇居民的饮食质量也普遍有所提高；跟世界上其他地方包括发达国家相比，我们中国普通市民进餐馆——还不算快餐类餐馆，指进去坐下来点菜的餐馆——的频率，应该处于领先地位。"打牙祭"这个说法现在已经很不流行，因为普通百姓下趟馆子已经不是一件难得的事情。吃香喝辣，本是好事，但正如古本《红楼梦》里所说："好事多魇。"注意，不是"多磨"而是"多魇"，也就是乐极会生悲，福兮祸所伏。现在有相当多的人患病，不是饥饿导致的营养不良，而是贪吃造成的营养过剩、营养失衡。

病了怎么办？当然需要检测，需要吃药。如今又很流行"食疗"，而且似乎什么食物皆有疗效，以吃代治，似乎可以百病包除。我倒觉得《红楼梦》里写的一种治病方式更值得参考。书里写贾母带着刘姥姥逛大观园，兴致过高，劳累过度，身体欠安，请来王太医诊治。这位王太医号过脉后对族长贾珍说："太夫人并无别症，偶感了一点风凉，究竟不用吃药，不过略清淡些，常暖着一点儿，就好了。如今写个方子在这里，若老人家爱吃呢，便按方煎一剂吃；若懒待吃，也就罢了。"写了方子刚要告辞，奶妈抱过大姐儿（凤姐之女，后来刘姥姥给取名巧姐）来让给看病。王太医号脉、摸头、观舌后笑道："我说了姐儿又要骂我了，只是要清清净净饿两顿就好了。"书里后来又写到晴雯淘气受了风寒，"此症虽重，幸亏他素昔是个使力不使心的，再者素昔饮食清淡，饥饱无伤。这贾宅中的风俗秘法，无论上下，只一略有些伤风咳嗽，总以净饿为主，次则服药调养"。

显然，曹雪芹对王太医主张的、贾府奉行的"净饿疗法"并无反讽，而是充分肯定。这倒恐怕并非曹氏家族的"祖传秘法"，因为不少资料显示，曹雪芹的祖父曹寅是个"食不厌精，脍不厌细"的享乐主义者，精刻过《糖霜谱》等很偏的"美食指南"。后来不慎染上疟疾，康熙皇帝虽然对他破格关照，派驿马飞送金鸡纳霜给他，却也在李煦（曹寅同僚、内兄、《红楼梦》中贾母原型的哥哥）的相关奏折上批评曹寅喜欢吃人参的陋习。

皇帝恩赐的特效药抵达时曹寅已经咽气，这惨痛的遭遇可能促使曹雪芹的父兄辈，特别是他自己深刻反省，懂得了迷信药物补品的害处，从民间总结出"净饿疗法"的秘诀。

人难免有欲望，欲望有激发创造力、竞争力以及审美热情等的正面效应，但欲望过烈，摄取无度，不仅会孳生生理、心理方面的疾患，还可能导致社会悲剧。适当地压抑欲望，采取"净饿"的方式休养生理系统和心理系统，使自己恢复正常，并以健康的状态接触他人、介入社会，是十分必要的。

两代荣国公

宁国府的世系,《红楼梦》里交代得非常清楚:第一代贾演封为宁国公;第二代贾代化任京营节度使,世袭一等神威将军;第三代贾敬考中进士却不袭爵;第四代贾珍世袭三品爵威烈将军;第五代贾蓉为秦可卿丧事风光,花一千二百两银子捐了个五品龙禁尉。

但是,荣国府的世系就显得比较模糊。第一代荣国公的名字,第三回林黛玉进府看到的荣禧堂御笔金匾后有一行小字:"某年月日书赐荣国公贾源",但第五十三回贾蓉从光禄寺领回的封条上有

"皇恩永锡"字样的黄布口袋，礼部的印记前却写着"宁国公贾演、荣国公贾法，恩赐永远春祭赏"等一行小字。各古本上都存在着贾源、贾法前后矛盾的写法。第二回冷子兴演说荣国府，告诉贾雨村"自荣公死后，长子贾代善袭了官"，袭的什么官？按贾代化之例推测，似乎应该也是一等将军，但接下去第三回林如海却告诉贾雨村"大内兄现袭一等将军之职"，荣国府的第三代贾赦所袭爵位竟与宁国府第二代贾代化一样。那么，贾代善所袭的，究竟是什么爵位呢？

第五回贾宝玉神游太虚幻境，警幻仙姑向众仙女说，她原欲往荣府去接绛珠，适从宁府所过，偶遇宁、荣二公之灵，对她说，"吾家……子孙虽多，竟无一可以继业者。其中惟嫡孙宝玉一人……略可望成"，希望她能设法引导宝玉走上正路。这段叙述里的宁公是个陪衬，荣公说宝玉是其嫡孙，那么这个荣公就应该是宝玉的祖父贾代善而不是曾祖父贾源（或贾法），这就让人觉得，贾代善所袭的爵位，并没有像贾代化那样递减，他还是一个国公。

最值得注意的是第二十九回。贾母带荣国府众女眷浩荡往清虚观打醮,曹雪芹交代,清虚观观主张道士,当日是荣国公的替身。所谓替身,就是替代其出家以求神佛保佑的职业宗教人员。那么,张道士究竟是贾源(或贾法)的替身,还是贾母丈夫贾代善的替身呢?这段故事里贾珍、凤姐、宝玉都管他叫张爷爷。如果他是贾源(或贾法)的替身,那么一定是跟第一代荣国公同辈的人,贾珍、凤姐、宝玉不能称他为爷爷,应该称太爷或祖爷爷才是。张道士称贾母为"老太太",贾母则称他为"老神仙",如果他当日是贾母公公的替身,似乎不能如此互相称呼。更应该推敲的是,张道士针对宝玉说:"我看见哥儿的这个形容身段,言谈举动,怎么就同当日国公爷一个稿子!"说着,两眼流下泪来。张道士如果是贾源(或贾法)的替身,那么,他这句话里说的国公爷就应该是宝玉的太爷,可是,贾母是怎么回应张道士的呢?她也不由得满脸泪痕:"正是呢,我养这些儿子、孙子,也没一个像他爷爷的,就只这玉儿像他爷爷。"可见张道士提到的国公爷，应该是宝玉的爷爷，即贾母的亡夫贾代善。一个寡妇忽然听到提及其亡夫的话不由泪流满面，是完全可以理解的一种情景。

也许有人会说，贾母不过随便那么一说，本来应该说"我养了这些儿子孙子重孙子，也没个像他太爷（或祖爷爷）的"，她把"重孙子"和"太爷"压缩成"孙子"和"爷爷"了。但书里贾母提及家族事务时，从不信口乱辈。在那个时代那样的家庭里，任何人说起这些事都是绝不能说错的。第四十七回贾母说"我进了这门子作重孙子媳妇起，到如今我也有了重孙子媳妇了，连头带尾五十四年"，她不说五十年或五十五年，是因为人物原型李氏从乾隆元年往前推，确实是在五十四年前嫁给曹寅的。曹寅及其上一辈虽然在现实生活里并没有封为国公，但康熙皇帝六次南巡四次驻跸江宁织造府，折射到小说里，夸张为国公爷，也是可以理解的。贾母所说的她的"重孙子媳妇"，则是指秦可卿死后贾蓉续娶的许氏（以古本为准，通行本则印成胡氏）。

总而言之，通过文本细读，我倾向于贾代善袭爵时没有像贾代化那样递降为一等将军，他是第二代荣国公，张道士正是他的替身，他死后，长子贾赦才和贾代化一样，递降袭了一等将军。

邂逅大行宫

康熙三十八年（1699），康熙皇帝第三次下江南，巡视到南京时，以江宁织造署为行宫。江宁织造曹寅的母亲孙氏，以六十八岁高龄趋前觐见，康熙见之"色喜"，当着许多臣下慰劳孙氏说："此吾家老人也。"厚赏之外，还挥毫写下了"萱瑞堂"的大匾。以上只是一个粗线条的概括，细究起来，则需弄清以下问题：康熙接见孙氏的地方，究竟是江宁织造署还是江宁织造府？或者署、府是合一的建筑群？康熙题写"萱瑞堂"那天是四月初十，现存记叙此事最详的两篇当时的文章，冯景的

《御书萱瑞堂记》说是"会庭中萱花盛开",毛际可的《萱瑞堂记》更说是"岁方初夏,庭下之萱,皆先时芳茂,若预知翠华之将临而且为寿母之兆,岂偶然之数欤"!根据当时的气候条件,萱花那时究竟是否可能已经开放并呈丰茂之状?

我研究《红楼梦》采取的两个方法,一是文本细读,一是原型研究。通过文本细读,我们就会发现在曹雪芹的八十回文本里,特意在第七十六回凹晶馆黛、湘联诗时,由黛玉吟出一句"色健茂金萱",而且安排湘云做出这样的评论:"'金萱'二字,便宜了你,省了多少力……只是不犯着替他们颂圣去。"由此可知康熙皇帝为曹雪芹祖上题写"萱瑞堂"大匾事,被曹雪芹"真事隐"后又"假语存",第三回黛玉进府见到的荣国府正房所悬的御笔"荣禧堂"匾,其原型正是康熙三十八年四月初十题写的那个"萱瑞堂"匾。但曹雪芹使用这些原型材料,目的已绝非"颂圣",他是要背离当时的主流意识形态,抒发其独特的人生哲学。

2007年5月下旬,我应邀到南京,进行"市民课堂"系列讲座的第63讲,题目是《我眼中的红学世界》,地点呢,是在大行宫会堂。何谓大行宫?这个名称虽然是乾隆时期才有的,但乾隆皇帝一生有个值得人们深思的做法,就是他行事处处以祖父康熙为榜样,而很少标榜他的父亲雍正。他的南巡之举,就是跟随祖父康熙的脚步,到了南京,连驻跸的地点都尽量不逾祖制,仍在当年曹寅接驾的那个地方。当然,已经进行了一番改造,并且不再作别的使用。现在的大行宫会堂,实际上就是曹雪芹祖父接驾康熙的地方,也就是曹雪芹的故家。在这样一处地方讲自己阅读《红楼梦》的心得,真是别有一番滋味在心头。

研究《红楼梦》,先把曹雪芹所经历、所表达的康、雍、乾三朝的政治风云、家族浮沉搞清楚是十分必要的。正如《红楼梦》中写贾政验收大观园,第一步是命令"把园门都关上,我们瞧了外面再进去"。把门面外墙欣赏完了,把握住了园子的大环境、总风格,再开门入院,曲径通幽,穿花度柳,一处处地细品细赏,最后才能全局入心,达到审美的大愉悦。正如总在园门外转悠无法评价大观园一样，如果只是考察清史和拘泥曹学，那对《红楼梦》的研究当然难脱片面。但如果是从外围逐渐深入内部，最后对《红楼梦》文本细读深思、考辨感悟，那怎么能冠之以"红外学"的恶名呢？

我在演讲过程中不时在想：严中先生在不在座啊？严中先生是南京的红学家之一，他研究曹雪芹、《红楼梦》和南京的关系近三十年，用功极深，收获甚丰。我参考过他的《红楼丛话》，对他可谓神交已久、十分佩服。他通过实地考察及查阅资料告诉我们：曹寅时代的江宁织造署和江宁织造府是两处不相连通的空间，前者是曹寅接驾康熙的地方，也是"萱瑞堂"之所在；后者则是曹寅及其家属的居住空间。另有江宁织造局，则是进行纺织品生产的机房。江宁地区的萱花在阴历四月初不可能开放，因此当时文人关于康熙皇帝题写"萱瑞堂"大匾时"庭中萱花盛开"的说法，是特别强调萱草因为预知皇恩将沐而特意提前开放，全是"颂圣"的谀辞。真实的情况应该是康熙见到孙氏，这位当年他最亲近的保母（不是保姆，是教养嬷嬷），人性深处的感激之情迸涌出来，也就未必注意庭中的萱花是否已经绽放，萱花既然象征母亲，便大书"萱瑞堂"以释情怀。

弄清楚曹雪芹祖上与康、雍、乾三朝皇帝的关系，对于我们理解《红楼梦》文本至关重要。曹寅在南京四次接驾康熙，风光已极，怎么才过了二三十年，这家人的家谱就断了，连曹寅后人究竟有谁，曹雪芹究竟是他的亲孙子还是过继的孙子都弄不清了。这种家族史的大断裂，实在令人震惊。如果不是卷进了政治大案，而招致档案销毁，这种现象是绝对不会出现的。中国人是靠祖宗崇拜维系族群延续与发展的，远的不论，就从清初说起，许多家族遭遇了无数次社会震荡，还是能拿出历经劫难而保留下来的家谱，一代一代记录得清清楚楚。怎么曹寅的后人到第三代就模糊得如烟如雾呢？这是我亟想当面向严中先生聆教的。

演讲过后，南京报馆的人告诉我，严先生来听了，后来又促成了我们在饭局上的晤面。我事先并不知道演讲和那晚的饭局都在大行宫范围之内,也并不敢奢望严中先生会听我演讲并乐于见我,因此"邂逅"一词确实表达出了我的惊喜。我知道我和严中先生在对《红楼梦》的理解上是有着重大分歧的。他认为曹雪芹笔下的荣、宁二府及相关空间,如水月庵等,都在南京,林黛玉从苏州入都的那个都城也是南京(石头城);元春的原型是嫁给平郡王做了福晋(正妻)的曹寅的女儿……简言之,他认为《红楼梦》的"本事"在南京,而我则认为《红楼梦》的"本事"在北京,只是糅合进了曹家在南京的一些故实,元春的原型另有其人,而非曹雪芹的姑妈平郡王福晋,其他分弛处也不少。因这两年所经历的党同伐异、排斥歧见如仇寇的事情颇多,所以我对严中先生能否容我,还真有些诚惶诚恐。没想到,席间一见,竟如久别重逢,言谈甚欢。我们抓紧时间交换了在一些问题上的看法,对于我的一些求教,如废太子当年随康熙南巡在江宁的表现,特别是与曹家的关系,他或即席回应,或表示今后可从容告知。严中先生长我八岁,晤面才发现他仍有浓重的湖南口音。他非南京土生,而已成为一位南京历史、文化方面的专家,对曹雪芹和《红楼梦》与南京的关系,探幽发隐,又与周汝昌先生合作推出了《江宁织造与曹家》一书,听他一席谈,感受到兄长般的呵护、朋友般的坦诚,真是相见恨晚。

我一直神往二十世纪初那些先贤们的君子高风。蔡元培先生提出"多歧为贵,不取苟同",真是言行如一、有容乃大;胡适通过考证,使得原来对索隐派感兴趣的人们,把兴奋点转移到了他那关于《红楼梦》是一部写实小说的思路上来,可以说是开启了红学新风,但他从未减少对索隐派主帅蔡元培的尊重,也从未将继续搞索隐的人视为寇仇。五四新文化运动的内容且不去评价,那种百家争鸣的局面,和大多数参与者绝不将观点分歧转化为政治判决和人格攻击的总体风度,实在是今天我们仍须继承与发扬的。

南行归来,我将继续和严中先生保持联系,交流研红心得。写此文时已是炎夏,大行宫一带的萱花,该是真的盛开了吧?

傅恒何时归故里?

两位年轻的红迷朋友提出一个问题跟我讨论:《百家讲坛》节目里常穿插一些清朝皇帝的画像,其真实度究竟如何?我的看法是:大体真实。明、清两朝,都有西洋传教士供奉宫廷,有的兼画师,这种人参与的皇室画像,大概具有一定的写生性质吧。一位年轻朋友说,传统中国画多是大写意,工笔人物尽管笔触细腻,却往往因为不懂人体解剖,因此人物画不发达,也很难具有类似照相的功能。另一位年轻的朋友说,明朝不大好判断,但清康熙以后的皇室画像,起码达到了形似。到晚清,实际掌权的慈禧太后请美国女画家卡尔为她画油画像,是按照西方规矩行事,她要真坐在那里当"模特"的——当然更多的时候是别的贵族妇女替她摆姿势——历时九个月才大功告成。现在到颐和园去,还能看到卡尔留下的一个副本。卡尔本人还写了一本《清慈禧太后画像记》,早有中文译本,读来很有趣。

给皇帝画像,恐怕压力比较大,也许多少会美化一下。如果是给功臣画像,可能就不必为其相貌掩饰什么了。我拿出一册2008年1月出版的《紫禁城》杂志和他们共赏,那上面有故宫专家聂崇正先生谈紫光阁功臣像的文章。聂先生告诉我们,乾隆时期,皇帝命令宫廷画家为战功赫赫的臣属画像,在紫光阁里悬挂表彰,历年积累,至少有二百八十幅以上。奉命造像的画工多不可考,但至少有两位传下了姓名,一位是来自波希米亚(今属捷克)的洋人,汉名艾启蒙,另一位是本土的金廷标,他们很可能是合作制画。可惜经过1900年八国联军的抢掠,现在北京故宫博物院里仅存两幅,还是摹本。但在海外的某些博物馆里,还存有若干真本;

在海外的某些文物拍卖会上，还出现过一些参拍的紫光阁功臣画像，有的被个人收购珍藏。2001年9月，聂先生在美国纽约一位私人收藏家Dora Wong家里，看到过一幅保存得非常完整的《大学士一等忠勇公傅恒像》，纵155厘米，横95厘米，上方有乾隆以满、汉两种文字书写的御笔加章赞语。所画傅恒正当中年，全副官服站立，冠服以传统的中国工笔画技巧绘就，面容边缘虽然以线条勾勒，在用色上却完全尊重人体解剖的客观性，以深浅明暗突显立体感，显然使用了西洋油画的技巧。仅从纯粹的肖像画的角度来观赏，这也堪称是一幅中西合璧的佳作。

这幅流落在异国他乡的傅恒画像，当然引起了我们浓厚的兴趣。我们都知道在古本《红楼梦》第十六回，当贾琏的乳母赵嬷嬷出现时，忽然有一条简捷的脂砚斋批语："文忠公之嬷。"何解？红学界历来聚讼纷纭。据周汝昌先生考证，清代雍、乾时期死后被皇帝谥以"文忠"的公爵，只有乾隆朝傅恒一人。他一生为皇帝征战，西讨南伐，最后在缅甸战役中染病而亡。我向两位年轻的红迷朋友说出我的见解。第一，脂砚斋这个批语是在指认角色原型。第二，《红楼梦》里的艺术形象与现实生活里的人物的对应关系是：贾代善相当于曹寅，与康熙同辈；贾政相当于曹頫，与雍正同辈；宝玉相当于曹雪芹，贾琏是宝玉堂兄，与乾隆同辈。第三，估计乾隆朝初年，傅恒家的一位乳母，成了曹雪芹某堂兄的乳母，这位堂兄就是贾琏的原型，而赵嬷嬷也绝非纯虚构的角色，她的原型就是来自傅恒家的那位乳母。

一位年轻朋友对我的见解存疑：傅恒家一直大富大贵，而曹家在雍正初年就遭到严重打击，虽说那个时代权贵家庭的交往中常有赠送仆人的行为，但到乾隆朝初期，傅、曹两家已经完全不对等，这傅家的乳母怎么可能到曹家呢？另一位红迷朋友说，时代、社会、家族、个人的命运走向，在粗线条、大轮廓内外，还有许多诡谲因素和出人意料的个案存在，脂砚斋既然写下了"文忠公之嬷"字样，必有原因，绝非信笔涂鸦。我们决心进一步探索下去。

近来又有紫光阁功臣画像出现在国外拍卖行,这些当年忠于皇帝的臣属究竟该怎么评价且不论,他们的精致画像应该回到故里。与《红楼梦》有着某种神秘联系的傅恒画像,何时能回归故里让我们一睹风采呢?

想喝碧粳粥

《红楼梦》里写到宁国府死了秦可卿,她的婆婆尤氏偏在这时候"正犯了胃疼旧疾,睡在床上",因而不能出来操办丧事,于是她的公公贾珍便把堂弟媳妇王熙凤从荣国府请到宁国府来主持丧政。那凤姐儿不仅权到令行,对下人大施淫威,还八面玲珑,在大嫂跟前卖好到底,她"因见尤氏犯病,贾珍又过于悲哀,不大进饮食,自己每日从那府中煎了各样细粥,精致小菜,命人送来劝食"。

"各样细粥",可见不仅品种繁多,而且制作手续相当烦琐；而佐粥的小菜，想必不仅是色色精细，一定还有哪种粥配食哪种小菜的讲究。凤姐儿送给贾珍、尤氏的细粥小菜，其价值当不在宴请刘姥姥时的茄鲞之下，而且更是一种能将消退的食欲重新勾出的绝妙美食。

曹雪芹写《红楼梦》，有人说其实是不断地写吃饭，写完上顿写下顿，写完大宴写小宴，写完正餐写宵夜，写完主食写零食，一直写到"脂粉香娃割腥啖膻"。其间确实显示出他对中国饮食文化的知识达到了几乎无所不知无所不晓的地步，而下笔时又几乎无所不能描摹无所不能发挥，令人钦佩，令人叫绝。

《红楼梦》里多次具体地写到汤、粥，以至已故的红学家俞平伯先生专门为此撰写过"宝玉为什么净喝稀的？"（见《红楼心解——读〈红楼梦〉随笔》）。他举第八回为例，那一回写到贾宝玉到梨香院中探望薛宝钗，后来林黛玉也去了。贾宝玉在那里先用了几样"细茶果"，又就着糟鹅掌鸭信喝了三杯酒，这之后，又痛喝了两碗酸笋鸡皮汤，最后吃了半碗碧粳粥，饭毕，竟又酽酽地喝了几碗茶，方才告辞回去。

我读这一回文字时，无论是糟鹅掌鸭信还是酸笋鸡皮汤，都还并不怎样羡慕，唯独碧粳粥，读时不禁津液绵绵，十分向往。

《红楼梦》第六十二回里写到戏班子解散后分配到怡红院宝玉房中的芳官，让厨房柳家的给她备一份饭来。柳家的遣人送来一个饭盒，揭开一看，里面是一碗虾丸鸡皮汤，一碗酒酿清蒸鸭子，一碟腌的胭脂鹅脯，还有一碟四个奶油松瓤卷酥，并一大碗热腾腾碧荧荧蒸的绿畦香稻粳米饭。这只不过是三四等丫鬟的食谱，竟与第八回里薛姨妈招待贾宝玉的菜式几无差别。芳官还说："油腻腻的，谁吃这些东西！"末了只将汤泡饭吃了一碗，拣了两块腌鹅就不吃了。宝玉也确实爱喝稀的，他闻着，倒觉比往常之味有胜些似的，遂吃了一个卷酥，又命小丫鬟给他拨了半碗饭，泡汤一吃，十分香甜可口。那碧荧荧的绿畦香稻粳米饭用汤一泡，不也就成了稀粥了吗？而且是鸡汤稀粥。想来现在上海仍存的名店"小绍兴鸡粥店"的鸡粥,其滋味庶几近之吧?

曹雪芹之精于中国饮食文化,有其家学渊源。他的祖父曹寅不仅累官通政使、江宁织造、兼理盐课,是个得到康熙宠信的大官僚;而且也是一个有声威的文化人,主持了《全唐诗》的编刊,自己又有《楝亭诗钞》八卷,《诗钞别集》四卷,《文钞》《词钞》《词钞别集》各一卷;此外还编刊前人冷门著作,其中有《居常饮馔录》一卷,内中包括宋人的《糖霜谱》《粥品》及《粉面品》,元人的《泉史》《制脯鲊法》,明人的《酿录》《茗笺》《蔬香谱》《制蔬品法》。《粥品》一书系宋代署名"东溪遁叟"的人所著,可惜现在难以找到,不得一读。想必曹雪芹是读过或听长辈讲过,并至少部分地品尝过该书中的各类粥馔,因而他关于凤姐儿"每日从那府中煎了各样细粥,精致小菜,命人送来劝食"的描写,绝非信笔而来,是有丰厚的生活体验与饮食文化知识作依托的。

算来自己这辈子也喝过不少粥,从粗犷的棒碴儿粥到精致的腊八粥，从风格独特的粤式皮蛋瘦肉粥到京味八宝莲子粥，还有鸡粥、鱼粥、虾粥、蟹粥、菜粥、奶粥……却都不如一碗素白的碧粳粥更诱人、更可口、更具魅力、更足回味。